마음의 색깔

국립중앙도서관 출판시도서목록(CIP)

마음의 색깔/ 松山 이선영 수필집 지은이: 이선영. -- 서울 : 한누리
미디어, 2016
    p. ;   cm

ISBN 978-89-7969-722-3 03810 : ₩15000

한국 현대 수필[韓國現代隨筆]

814.7-KDC6
895.745-DDC23   CIP2016023973

松山 이선영 수필집

마음의 색깔

한누리미디어

이선영의 수필세계

수필이 산문이라면, 수필은 산문정신에 바탕을 두어야 한다는 것은 두 말할 것도 없다. 산문정신의 바탕도 비평정신에 있다고 하겠는데, 그것은 객관성을 지닌 비평의 산물인 관조의 세계가 있어야 한다는 말이다. 이런 관점에서 이선영의 수필 몇 편을 골라보았다.

〈역사관〉에서는 "역사의 부정적인 것이 한때는 득세를 하더라도, 역사적인 심판은 긍정적인 것이 승리한다. 따라서 사람들은 역사의 방관자가 아니고 참여의 주인이 되어야 한다"며, "공허한 말이나 이론이 아니라 능동적인 역사의 주인이 되어 역사의식을 지녀야 한다"는 그의 역사관을 피력하였다.

〈세 여인〉에서는 "종교보다 거룩하고 예술보다 아름다운 생애를 살다가 떠난 에비타, 다이애나, 테레사, 세 여성들처럼 나는 불빛을 전하지는 못한다. 그저 잠시 지구상에 머무르는 길손과 같은 존재일 뿐이지만, 여름밤 들녘의 반딧불이처럼 작은 불빛이라도 되어 세상을 향해 비추고 싶은 것이 나의 소망”이라고 하였다. 이 작품에서 작가의 격조 높은 자세를 엿볼 수 있다.

〈탕자의 비유〉는 “이 세상에 탕자 아닌 사람이 몇이나 될까” 하면서, “사람은 끊임없이 자기 내부에 있는 선한 마음과 악한 마음 사이에서 갈등을 겪으며 살아가고 있다. 그러나 성찰과 회귀의 결단을 내릴 줄 아는 사람은 잃어버린 영혼의 고향을 다시 찾을 수 있을 것이다. 인간에게는 회귀본능이 있어서 죽기 전에 고향을 찾아가게 되고 고향 하늘을 향해 머리를 둔다”고 하였다. 〈탕자의 비유〉는 방황하는 탕자와 같은 현실을 바로잡으려는 작가의 적극적인 자세임을 알 수 있다.

〈이 생명 다하여도〉에서는 작가의 젊은 시절 심장판막증으로 고통을 받다가 수술을 안 했는데도 병이 기적적으로 나았다. 이는 돌아가신 어머니 덕분이라고 여기고, “어떤 생명도 영원할 수 없으니 한 점의 두려움이나 미련을 버리고, 남은 생명을 진실로 이어가리라”고 하며, “자연의 기를 나에게 준 바람이나 구름이나 햇살에게도 고마운 마음을 전한다”고 하여서 작가의 자연친화사상을 엿볼 수 있다.

〈마음의 색깔〉은 눈으로 볼 수 없는 마음을 시각적인 색깔로 비유한 것은 참신한 시각이다. 마음의 색깔을 통하여 이웃과 자기를 관조하는 세계를 보여주는 자기 성찰의 의미를 부여하고 있다.

〈기(氣)가 충만한 인생〉에서는 “하나뿐인 생명이고 한 번뿐인 인생인데, 빛나는 인생으로 사람답게 살아야 이 세상에 태어난 보람이 있을 것이다"라고 하면서, "눈에는 정기를, 얼굴에는 화기를, 몸에는 활기를, 마음에는 의기를, 생활에는 윤기를 가질 때, 인간다운 인간"이라고 마무리한다. 건강하게 살아가는 삶의 슬기를 보여주는 부분이다.

〈은행잎〉에서는 노란 은행잎을 소재로 하여 한 발짝 한 발짝 다가가는 생의 끝을 생각하며, "노란 나비처럼 곱다랗게 흩날리는 은행나무 잎처럼 인생 노년의 삶이 고울 수는 없을까" 하고 작가 자신을 고운 은행잎과 같이 지기를 바라는 고운 심성이 보인다.

〈되돌아봄〉에서는 "이제 되도록이면 남에게 들려주고 싶은 추억을 만들고 싶다. 되도록이면 아름답고 바람직한 추억을 만들기 위해서 오늘의 삶을 성실하게 살아야 할 것 같다. 그리고 추억을 더욱 선명하게 채색하기 위해서, 내 영혼이 맑아져야 할 것이다"라고 하며, "과거를 보면서 미래로 나아가듯, 나는 간혹 추억이란 보석을 꺼내 보면서 앞으로 살아갈 날을 더욱 값지게 가꿔 가고 싶다"라고 마무리를 했는데 삭막한 현대인들이 살아갈 길잡이가 될 것이다.

〈향수〉에서는 도시에서 들려오는 다듬이 소리를 들으며, 들릴 듯 말 듯한 다듬이 소리는 구겨진 것을 펴주는 소리이니, 구겨진 듯 어지러운 현실도 다듬이 소리가 펴 준다면 얼마나 좋을까, 하는 소박한 바람이 공감을 자아낸다.

〈가 보고 싶은 매봉산 길〉에서는 길을 소재로 하여 작가가 걸어온 인생의 길을 되돌아보며, 꿈 많던 어린 시절에 걷던 길에 대한 향수를 차분하게 드러내고 있다.

이선영 작가의 수필세계라고 한다면, 날카로운 비평의 안목을 지닌 역사의식과 산문정신에 충실한 개성적인 세계를 보여주고 있다. 그 세계는 구겨진 현실에서 우리가 어떻게 살아가야 하는지를 보여준 수필이라 하겠다.

그의 삶이 지혜를 형상화하고 있다. 자칫 관념적으로 흐르기 쉬운 비평정신을 구체적인 경험으로 극복하려는 작가의 노력이 엿보인다. 그의 수필에는 작가의 역사의식이 스며 있음을 볼 수 있으며, 현대를 살아가는 삶의 자세가 부각되어 있다.

이 수필집을 대하는 독자는 각박하고 이지러진 현실을 살아가는 삶의 지혜를 얻을 수 있을 것이며, 따라서 정서적 위안과 활력을 얻을 수 있을 것이다.

2003년 10월

경희대학교 명예교수 **서 정 범**

문학의 절대적 가치와 의미 부여

민족의 수난기인 일제 강점기 말에 태어나 철모를 때 해방을 맞았고, 동족상잔인 6.25를 겪으며, 또한 조국의 발전과정도 지켜보았다.

이 글은 그렇게 살아오는 동안 겪고 느낀 내 인생관이 들어 있는 반성문이며 참회록이다.

오랜 공직생활을 거쳐 경제인으로 동분서주하며 바쁘게 내달리기만 했던 시간을 뒤돌아본다. 보람있게 이루어 놓은 것도 있고 아쉬웠던 일도 있으나, 이제 모든 일에서 떠나고 보니 편한 마음이면서도 허전하였다. 옥상 위에 심어놓은 나무나 꽃을 가꾸면서 마음을 붙여 보려 했으나 쉴 틈 없이 바쁘게만 살아왔던 나는 한가한 시간에 적응을 하지 못했다. 그래서 어려서부터 마음에 두었던 문학을 생각해 내었고, 뒤늦게 수필 공부를 시작하였다.

그동안엔 편지 한 장 써 보지 못하고 살아왔으니 글쓰기가 쉽지 않았다. 그래서 무디어진 감성을 되살리기 위해 밤하늘의 별빛도 바라보고, 들판에 나가 자연을 관찰해 보기도 하면서 나 나름대로 글쓰기에 애를 써 보았다.

내가 지금까지 해 왔던 일이나 환경이 내 성품을 경직되고 엄숙하게 만든 탓에 글의 내용이 부드럽지 않지만, 내 글을 읽고 단 한 사람이라도 아름다운 감정을 느끼게 되기를 기대해 본다.

그동안 같이 수필문학을 지향해 왔던 중앙문우회 회원들에게 고마운 마음이며, 특히 나의 산만한 문학 정서와 인생에 대하여 많은 도움을 주신 서정범(徐廷範, 1926~2009) 교수님께 깊이 감사드린다.

문학은 인생을 초월하는 어떤 절대적 가치와 의미를 부여해야 하는 작가의 의무가 수반되어야 한다고 생각한다. 그것이 작가정신이며, 역사가 해낼 수 없는 인간 내면의 세계와 의식의 세계를 찾는 일이다. 미숙하나마 이를 위해 나름대로 노력하였고, 앞으로도 끊임없이 정진하려 한다.

2003년 이른 가을날

아현동 서재에서 松山 이 선 영

* 이상이 2003년 10월 도서출판 '밀앤밀'에서 출간한 《침묵의 소리》의 '책머리에' 전문인데 이후 10쇄까지 증쇄하였으나 아쉽게도 출판사가 폐업하는 바람에 절판의 아픔을 겪게 되었다. 하지만 금번 도서출판 '한누리미디어'의 협조로 일부 작품을 추가하고, 내용도 보강하여 표제를 《마음의 색깔》로 바꿔 증보판을 발간하게 되었음을 밝혀둔다. (2016. 10. 5)

Contents
차례

1부   생활의 여유

2부 사랑의 재발견

Contents
차례

3부 이 생명 다하여도

4부 기가 충만한 인생

Contents
차례

5부 역사관

6부 수분지족

Contents
차례

1부

생활의 여유

구월예찬

구월이 되니 더위가 가시고 바람이 서늘해지는 것이, 가을이 온 것을 몸과 마음으로 느끼게 된다. 예전에는 귀뚜라미 우는 소리를 듣게 되면 그때서야 가을이 왔다고 느꼈는데, 요즈음엔 한여름에도 귀뚜라미가 울어 계절의 전령사로서의 역할을 하지 못하고 있다.

가을이 되면 하늘이 맑고 높아지듯이, 사람들의 마음도 덩달아 높고 맑아지는 풍요한 계절, 바로 구월이다.

지난날엔 9월의 하늘과 들이 저리도 좋은 줄 미처 몰랐다.

도시를 비켜 잠깐만 시야를 교외로 돌리고 보면 물결치듯 벼 이삭이 바람에 흔들리고 과일나무엔 열매가 주렁주렁 매달리는 계절, 그것은 보기만 해도 가슴이 흐뭇해지는 풍경이 아닐 수 없다. 먹지 않아도 배부르다는 말이 있거니와, 그것이 바로 이런 것을 두고 한 말이 아닌가 한다.

모든 것이 풍성해지는 구월에 시장엘 가 보면 온갖 추수한 곡식과 야채와 입맛을 돋우는 과일이 군침을 삼키게 한다. 어느 것 하나 먹음 직하지 않은 것이 없다.

더욱이 나처럼 과실을 좋아하는 사람에게는 가을이 무척 고맙고 반갑다. 그리고 마음은 더없이 너그러워져 맑고 푸른 하늘이 나를 자꾸 교외로 유혹하는 계절이기도 하다.

존 러스킨(John Ruskin, 1819~1900)은 "인생은 짧다. 그런데도 그 중에 고요한 시간은 없다. 우리들은 대수롭지 않은 책을 읽음으로써 그 한 시간까지도 낭비해서는 안 된다"라고 하였다.

요즈음은 가을이라 하여 독서의 계절이라고 따로 부르지 않지만 가을은 머리가 맑아져서 책읽기에는 더없이 좋은 계절이다. 사람들 중에는 습관처럼 바쁘다는 말을 되풀이하는 사람이 있다.

요새처럼 바쁜 세상에 바쁘지 않은 사람이 어디 있을까. 바쁜 중에도 꼭 해야 할 일은 언제나 따로 있게 마련이다. 들녘도 풍요롭고 날씨마저 쾌적한 가을이면, 좋은 벗이 생각나고 좋은 책이 필요하다는 생각을 하곤 한다.

고추잠자리가 분주히 날아다니는 태양 아래 열매들이 붉게 익어 가고 있는 좋은 계절 가을이다. 끝없이 푸르고 맑은 하늘처럼 내 마음도 두둥실 하늘로 떠오르고 싶은 계절이기도 하다. 밤이면 머리맡에서 우는 귀뚜라미 소리가 한결 맑아져 깊어 가는 가을을 노래하고 있다.

가을이 깊어갈수록 나는 내 인생의 가을을 생각해 보게 된다. 인생의 가을쯤에 와 있는 나는 충만한 삶을 살아왔을까.

지금부터라도 충실한 열매를 맺듯 내 남은 삶을 알차게 가꾸어 나가리라 마음먹어 본다.

교외로 발걸음을 옮기면 나의 시야는 풍성한 자연의 은총으로 출렁인다. 끝없이 이어지며 바람결에 사각사각 노래하는 벼 이삭이 가을 들녘을 풍요롭게 하고, 과수원에 매달린 열매들의 행렬이 포만감을 불러일으킨다.

나는 벼 이삭이 누렇게 익어가는 들판에 서서 가을의 노래를 듣는다. 내 것이 아니어도 충만함으로 행복해지는 영토가 나를 흥겹게 한다.

(2003년 9월)

은행잎

나는 은행나무 가로수를 무척 좋아한다. 거리에 나서면 어깨동무하 듯 나란히 늘어선 가로수가 언제나 정겹다. 가혹하도록 추운 겨울을 이긴 끈질긴 생명력이 신선하고, 새봄이면 어김없이 돋아나는 여리고 고운 연둣빛 잎들이 눈부시다.

어떤 나무나 풀이라도 마찬가지겠지만 유난히 추웠던 지난 겨울을 이겨내고 의연히 서 있는 은행나무를 보며 삶의 의지를 엿보게 된다. 정녕 참고 견디기 어려웠을 괴로움을 이기고 돋아난 새순이건만 한 치의 일그러짐이 없다.

어디 그뿐인가. 변함없이 부드러움을 간직하고 있는 잎은 생명을 지키기 위하여 겨우내 시달림을 당한 흔적을 찾아볼 수가 없다.

은행잎의 그런 모습을 보며 나 자신을 돌아보게 된다. 나는 살아가 면서 겪게 되는 어려운 일들을 힘겨워하며 가까운 사람들에게서 위로를 받고 싶어 한다.

은행잎은 지난 일은 묻어두고 새로운 날 새로운 일에 정진하라고 넌지시 일러 주는 듯하다.

성급하거나 초조해 하지 않으며 날마다 자라난 만큼 그대로를 편안하게 보여주는 잎들이다. 조촘조촘 조심스레 자라나며 짙어 가는 푸르름과 함께 평화로움을 보여주고 있다. 날마다 오가는 길에서 무성해지는 은행나무를 눈여겨보며 나는 인생살이의 올바른 태도를 자각한다.

단숨에 건너뛰려고 하거나 남보다 높이 뛰어 오르려고 하는 것이 바른 삶의 방법이 아닌 것을 깨닫는다.

봄과 여름을 지내면서 열매를 매달고 조금씩 넓어진 잎이 넉넉히 보일 뿐 여전히 수많은 차들이 스치고 지나는 길옆에 서서 그 거리를 지키고 있다.

은행나무는 날마다 가지에 물을 올리고 잎사귀마다 녹소를 저장하며 계절을 보내고 있다. 울긋불긋 아름답게 핀 길가의 꽃들처럼 야하지도 않고, 산들바람에도 온몸을 흔들어대며 웃는 풀잎처럼 헤프지도 않다.

은행나무는 길가에서 매연에 시달리고 소음에 시달리며, 가을이면 장대를 휘둘러 열매를 따려는 인간들에게 시달리면서도 말없이 서 있다. 작은 시련에도 못 견뎌 하며 주저앉고 마는 나약한 인간들에 비하면 나무의 넉넉한 품만큼이나 여유롭다.

어느 날 은행나무에 열매가 매달리기 시작하면 나는 어린애처럼 환한 미소를 지으며 또 다른 의미로 반기게 된다.

나뭇가지의 풍성한 잎들이 노랗게 물들기 시작하면 나는 보헤미안처럼 떠돌고 싶은 예감에 사로잡힌다. 그리고는 낙엽 따라 떠나고 싶은 마음은 내 몸을 밖으로 몰아낸다.

그러나 그런 마음이 절실해질수록 한 발짝도 움직일 수 없는 현실이 동아줄처럼 질기게 나를 묶어 놓는다. 언제나 가을이면 이렇게 마음 속 갈등이 반복되지만 몸은 마음을 따라주지 못하고 혼란을 겪는 게 이제는 버릇처럼 되었다.

더없이 노란 은행나무에 고운 꽃등이 켜지는 만추는 바야흐로 행려의 계절이다.

나는 꿈속에서 종종 길을 떠난다. 지평선과 맞닿은 곳에 진회색 구름이 자리를 넓히고 있는 어느 하오의 하늘은 시간이 흐를수록 은회색에서 백색으로 맑아지는 구름빛을 띠고 있다.

구름이 흘러가고 없는 하늘빛은 눈부신 코발트빛을 보이고 노란 은행잎이 한들한들 날리는 날, 나는 그 길에 서 볼 것이다.

석양의 붉은빛을 받으며 반쯤 옷을 벗은 가로수를 어루만지고 다시 봄을 그리워하리라.

까마득히 머언 곳을 휘돌아온 바람 한 자락이 나의 무딜 대로 무디어진 감정의 텃밭을 곱게 일구어 주겠지. 은행잎이 노랗게 변하는 것은 수분 부족 현상 때문이라고 한다.

식물의 생물학적 설명으로는 그렇다 치더라도, 과학적으로 갈증현상으로만 치부해 버리기엔 무언가 부족한 기분이다. 만약에 갈증의

징후가 저리 고울 수만 있다면 내 인생이 지금보다 훨씬 더한 갈증이어도 좋겠다.

아득히 형형한 행렬을 우러르며 뉘라서 감히 소멸 직전의 몸부림을 엿볼 수 있겠는가. 노란 나비처럼 곱다랗게 흩날리는 은행나무 잎처럼 인생 노년의 삶이 고울 수는 없을까.

가로수를 따라 걸으면서 한 잎 두 잎 소리 없이 지는 은행잎보다 고운 내 인생의 황혼을 생각해 본다.

(『수필춘추』 1999년 가을호)

푸른 소망

　본격적인 여름이 무르익어 가고 있다. 울창한 녹음은 나날이 짙어 가고 산과 들에는 생명이 넘치고 있다.

　어린이를 유년(유아)이라고 하고 늙은이를 노년이라고 한다. 어린 이를 유년이라고 함은 어릴 유(幼)라는 문자 그대로 어리기 때문일 것이다. 그리고 늙은이를 노년이라고 함은 늙을 노(老)라는 문자 그대로 늙었기 때문일 것이다.

　그런데 왜 젊은이는 푸를 청(靑)자를 써서 청년이라고 부를까. 푸름이 곧 젊음이기 때문이다. 우리들의 마음을 한결 젊게 하고, 생명의 감격으로 우리들의 마음을 가득 채워 주지 않는가.

　노래 중에 '희망의 노래'와 '희망의 나라로'라는 것이 있다. 푸른 것은 젊음이고 희망이다. 그러기에 푸른 소망이라고 하고 청운(靑雲)의 꿈이라는 말도 있다. 울창한 녹음은 가을의 풍성한 추수를 내다보는 것이기에 희망이요 소망이 아닐 수 없다.

푸른 희망이 없는 젊음은 생물학적으로는 젊겠지만 정신적으로는 회색빛 노년과 같다. 희망은 살아가는 데 원동력이 되며 현재의 온갖 난관과 고난에도 불구하고 넉넉히 극복해 나갈 수 있는 힘이 된다.

키에르케고르(S. Kierkegaard, 1813~1855)는 '절망'을 가리켜 '죽음에 이르는 병'이라고 했다. 절망이 죽음에 이르는 병이라고 한다면 희망은 생명의 묘약이라고 할 수 있지 않을까. 절망이 사람이 가진 모든 능력을 사멸(死滅)하는 부정(否定)의 의미라면, 희망은 능력을 활발하게 불러일으키는 생산력이라고 할 것이다.

모든 이에게 필요한 것은 희망이니 회색의 절망을 물리치고 푸른 희망을 가져야 할 것이다. 시련 앞에 힘없이 굴복하고 절망할 것이 아니라 굳은 신념을 갖게 되면 희망이 푸른 하늘처럼 펼쳐지리라.

남산의 푸른 녹음을 바라보며 젊은이들의 얼굴에서 녹음 같은 푸른 희망과 젊음이 깃들기를 바란다. 오늘의 현실이 아무리 어렵고 시련이 거세어도 젊은이들의 얼굴에 푸른 희망이 있는 한 이 나라의 앞날에는 소망이 있을 것이다.

청년들이 대망(大望)을 가지고 아득한 인생의 지평선 저쪽에 세워진 희망의 깃발을 바라보며 달려가기를 바란다. 원대한 꿈을 위해 젊음을 바치고 불태워 국가와 사회에 주춧돌이 되는 사람이 된다면 그 자신에게도 영광이 있을 것이다. 푸른 것은 생명이며 젊음은 소망이다. 생명과 소망이 있는 한 인생살이가 힘겹기만 하지는 않을 것이다.

(2003년)

향수

　어디선가 다듬이 소리가 들려온다. 도시의 한복판에서 장단 맞는 다듬이 소리를 들을 수 있는 것은 드문 일이다. 아들 따라 서울 살이 하는 노인이 도시생활에 지친 마음을 다듬이 소리로 푸는 것이나 아닌지 모르겠다.

　나도 다듬이 소리를 들으며 덩달아 고향을 느끼고 어머니의 사랑을 느낀다. 고향을 잃고 고향에서 너무나 멀리 떠나온 사람들이 살고 있는 도시, 따뜻한 고향의 정이 들어 있어야 할 자리에 차디찬 불신과 회의만이 도사리고 있는 도시에서, 나는 지금 어디선가 들려오는 다듬이 소리를 듣고 있다.

　구겨진 마음을 반듯하게 펴주는 것 같은 소리에 나는 이상한 기쁨을 느낀다. 마음의 평화와 평정을 회복시켜 주는 가락을 듣고 있으면, 나는 가슴을 간질이는 듯한 감정의 향수에 빠져든다.

지난 세월 어머니들의 고난이었던 다듬이는, 지금은 사라지고 다림질로 대신하고 있다. 그런 일도 지금은 전문업소에서 대신해 주는 지 오래 되었다. 화려한 도시의 네온사인이 밤을 낮처럼 밝히지만 어린 시절 어두운 밤길에 비치던 달빛의 정서를 따를 수는 없다.

비록 무명옷을 입고서라도 따뜻한 마음의 평화를 회복하고 싶은 것이 지금 나의 심정이다. 행복은 객관적인 것이 아니라 주관적인 마음의 상태이기에……

폴 엘리아르(Paul Eluard, 1895~1952)는 그의 〈통행금지〉라는 시에 빼앗긴 자유를 절망적으로 써 놓았다. 프랑스인은 사랑과 자유를 빼앗기고, 그의 조국은 폐허가 된 채 통행을 금지당했다. 그러한 운명 속에서 그는 적막감을 느끼고 고독을 느꼈던 것이다.

도시는 향수를 잃었다. 마음의 고향인 어머니를 방랑하는 도시인의 기질에 접목시키기에는 너무 늦었는지도 모른다. 밤이 되면 으레 통행금지가 뒤따르는 도시의 현실에 불편도 불안도 없이 불감증에 걸려 있던 때가 우리에게도 있었다.

지금 현대인들은 고향에서 멀리 떨어져 있는 삭막한 터전에서 인간의 따뜻한 정을 잃어버린 채로 살아가고 있다. 서로 신뢰를 쌓았던 정은 점점 사라져 가고 인간성을 회복할 실마리조차 헝클어진 채 생활은 고달프고 마음이 각박해진 도시가 되고 있다.

새벽이면 피어오르던 안개도 없고, 밤이면 은은하게 비춰던 달빛과 깜빡이며 날던 반딧불이도 볼 수 없이 광고탑과 질주하는 차바퀴 소리만이 가득한 도시가 되어 가고 있다.

생명의 존엄성은 범죄자들의 흉기 앞에서 맥도 못추고 무참히 짓밟히고 말 때가 있다. 도시의 한구석 소외된 뒷골목에서는 탁한 공기 속에서 숨도 제대로 못 쉬고 사는 사람들도 있다.

그런 곳이지만 이 밤에 들려오는 다듬이 소리는 메마른 가슴을 촉촉이 적시기에 부족함이 없다. 참으로 오랫동안 잃어버렸던 소중한 것을 되찾은 듯 나는 한없는 기쁨에 사로잡혀 다듬이 소리에 귀를 기울인다. 규칙적으로 들려오는 고저의 장단을 들으며, 나는 영혼의 맥박을 느낀다. 어린 시절 저 다듬이 소리를 자장가 삼아 낮잠에 빠져들던 일을 기억한다.

다듬이 소리는 내 마음 속에 영원히 간직되어 온 어머니의 기도소리와 같다. 저 어머니께서 염원하는 듯한 소리에서 나는 고향의 고샅을 그리워하고 뒷동산 밤나무 숲을 그린다.

삶이 배어 있는 장단의 가락, 저 장단이 밤마다 울려와 내가 욕심으로 눈이 어두울 때, 졸고 있는 영혼을 흔들어 깨우쳐 주기를 바라는 마음으로 나는 두 손 모아 기원을 한다.

(2003년)

생활의 여유

이 밤도 고요히 깊어 간다.

이제 이 밤이 다하면 또 하나의 새로운 태양을 맞이하고, 나는 또 생존을 위한 노동을 해야 할 것이다. 생존을 위한 노동, 나는 노동을 하기 위해서 생존하고 있는지도 모를 일이다.

그러나 밤 시간만큼은 휴식의 시간이다. 인간의 생활이 고달프고 때로는 무의미할지라도 휴식을 취할 수 있어 다음날의 일이 한결 수월해질 것이다.

밤은 아무 생각 없이 몸과 마음을 쉬어도 좋고, 책을 읽으며 명상을 해도 좋은 시간이다. 이 세상에 한 생명으로 태어나 살고 있는, 충만함이 느껴지는 시간이 바로 잠들기 전의 순간인 것이다.

찰나 속에 영원이 있다는 철학적인 어려운 사색은 그만두고라도 지난날을 돌아보고 남은 날을 헤아리며 꿈을 꾸어 보는 것은 무엇과도 바꾸지 못할 귀한 것이다.

사는 일에 급급하여 움직일 줄만 알고 생각할 줄 모른다면 불행하다 할 것이다. 잠깐의 시간이라도 자연을 관조하고 인생을 반성하는 여유를 가져보는 것도 의미 있는 일이다.

철학이나 문학이나 또는 예술은, 인생에 대하여 생각하고 피력하여 놓은 결실이다. 나는 그런 경지에까지는 도달하지 못할지도 모른다. 그러나 사유할 수 있다는 것만으로도 생활에 깊이를 느낄 수 있고, 삶에 여유를 가질 수 있어서 좋다. 나는 그런 시간에 진리를 깨닫고 고요히 명상하며 내일의 번영을 꾀하기도 한다.

마치 여명의 빛처럼, 가문 날의 단비처럼 명상하는 사람의 정신은 맑고 순수하다. 사색하며 미지의 고요한 세계에 자신의 귀를 기울이면 혜안처럼 마음의 눈이 뜨이고, 또 다시 내일의 태양을 향한 발걸음에 힘이 솟아나는 것을 느낄 수 있다.

별들은 밤마다 어둠 속에서 반짝이며 세상을 내려다보지만 사람들은 세상 불빛에 눈이 부셔서 하늘의 별은 잊고 사는지 별을 바라보지 않은 지 오래 됐다.

이 밤도 깊어 가는데 나는 달빛을 벗 삼아 사유를 즐기고 있다.

(2003년)

밤의 사색

지금은 캄캄한 밤이다. 잠깐 모든 것을 잊어버리고 싶은 그런 고요한 밤이다. 나직이 속삭이는 마음의 소리에 귀를 기울이며 행복해 보는 밤이다.

나는 오늘 하루를 별 일 없이 살았다. 하루를 살았다는 사실은 내일을 다시 살 수 있다는 가능성이 있다. 비록 얻어진 것이 적고 초라해도 순간순간 또 하루하루에 충실했던 나날을 헤아려 본다.

그러나 인간에겐 만족이란 있을 수 없는가 보다.

인간이란 언제나 행복을 추구하는 본능이 있다고 몽테뉴(Michel Eyquem de Montaigne, 1533~1592)는 말했다. 하지만 나는 행복을 인생의 목적으로 삼고 싶지는 않다.

캄캄한 밤중에 소리 없이 켜져 있는 불빛, 내 영혼의 창가에 속삭이듯 깜박이는 참으로 조그마한 빛, 그 빛이 꺼지지 않는 한 나는 행복하다. 분수에 넘치는 많은 빚을 얻기보다 작은 것을 지니고 싶은 가난한 마음이 내게 있을 때 나는 행복하다.

많은 사람들은 자기가 느낄 수 있는 행복보다 남이 부러워하고 칭찬해 주는 행복을 바라고 있다. 그러나 남이 칭찬해 주고 부러워한다고 해서 그것이 진정한 행복은 아닌 것이다.

만족할 줄 모르는 사람은 무엇을 받으나 늘 부족하다고 느낀다. 인생살이 살다 보면 무엇을 얼마나 가지고 있느냐 하는 것이 문제가 아니라, 마음가짐을 어떻게 가지느냐에 따라서 행복이 좌우된다고 볼 수 있다. 참된 행복은 물질에 의하여 좌우되는 것이 아니기 때문이다.

감사한 마음으로 살아간다면 행복은 저절로 따라오게 되며 만족하게 될 것이다. 인간의 입에서 감사의 말이 끊어지게 될 때, 삶에 대한 불평과 불만이 나타나게 마련이다.

하루의 시작을 감사하는 마음으로 시작하고, 감사하는 마음으로 끝을 맺으면 행복할 수 있다. 이와 같은 하루하루가 쌓이게 될 때 삶 전체가 의미가 있게 되고 보람이 가득 차게 될 것이다.

사람들은 많은 것을 원하고 있지만 필요한 것은 아주 작은 것에 불과하다. 인생은 짧고 인간의 운명은 유한하기 때문이다. 행복을 추구해 간다는 것은 필요 이외의 남의 것을 탐내지 않는 마음이다.

자기가 원하는 것을 가질 수 있으면 행복하겠으나, 그러나 그것보다 더 큰 행복은 욕심을 버리고 가진 것 외에 더 많은 것을 바라지 않는 데 있다고 생각한다. 그러노라면 마음의 평화가 점점 행복으로 바뀔 것이다.

인간이 가진 온갖 번뇌와 욕심에서 벗어나 지금은 그저 조용히 있고 싶은 밤이다.

피할 길 없는 불행은 없다고 한다. 불행하다고 느끼는 사람은 아직 불행에서 벗어날 구멍이 있건만 사람들은 스스로 그 길을 찾지 못하고 있을 뿐이다.

인생은 희망과 절망이 교차하지만 사람들은 불행할 때 느끼게 되는 감정의 여울이 훨씬 깊어서 스스로 불행하다고 생각하게 된다. 내 영혼의 창에 고운 시정 하나 띄워 보내며 사색하는 행복하고 고요한 밤이 흘러가고 있다.

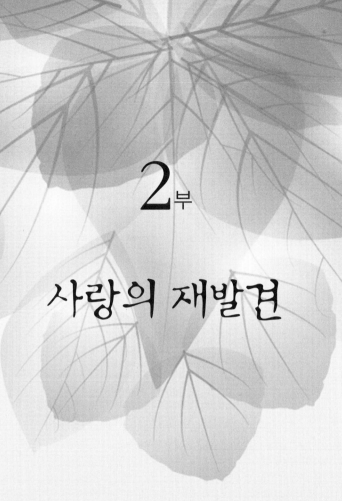

2부

사랑의 재발견

사랑

1. 에로스

에로스(Eros)는 사랑 중에서도 인간이 지닌 가장 원초적 본능이다. 이성간의 정신적 사랑과 함께 육체적 쾌락도 중요하지만 에로스는 성욕 그 자체만은 아니다. 진흙 속에서 우아한 연꽃이 피듯이 사랑의 나무에 피는 지극히 아름다운 꽃이다.

사랑을 하게 되면 서로 호감을 갖고 소중히 여기게 되며, 서로 결합하고 싶은 감정이 생기고, 결국엔 행동으로 이루어지게 된다. 그리고 사랑은 서로 만나는 순간부터 시작되는 인연이다.

인간은 사회적 동물이어서 같이 어울리며 사랑을 하게 되는데 이것을 운명적 만남이라고 할 수 있다. 사랑의 친화력은 가장 강력한 자력을 띠는 것 같다. 두 사람이 만나자마자 서로 강렬하게 사랑을 느끼게 되는 것은 운명적 일체감이 아니고서는 무어라 표현할 말이 없다.

사랑은 항상 같이 있고 싶은 마음이어서, 사랑의 최선은 결혼을 하면서 완성된다고 볼 수 있다. 두 사람이 하나가 되는 자타일체감에 도달하려는 공동의지라고 할까. 사랑은 서로 만나서 포옹하고, 애무하고, 서로 소유하며, 하나가 되려고 한다. 이것이 사랑의 행동적 표현인 것이다.

사랑하는 사람들은 서로 존중해 주는 마음이 있어야 할 것이다. 서로 깊은 관심을 갖고 책임감도 있어야 한다. 그리고 상반되는 뜻을 가졌어도 이해하려는 마음만 있다면 행복은 저절로 따라오지 않을까.

향기가 있는 사랑은 아름다우며, 뜨겁고도 부드러운 감정은 발랄한 생기가 넘친다. 사랑은 상대를 위하여 땀 흘려 일하고, 항상 마음을 쓰며 아낌없이 주는 것이다.

사랑의 결실은 결혼으로 이어지며, 결혼은 결합의 욕구와 의지를 완성하고 성취하는 것이다. 두 사람이 결혼하면 자녀를 낳게 되는데, 꽃이 피면 열매를 맺듯이 자녀를 낳으면 완전한 결혼이 이루어지는 것이다. 그렇게 결합된 가정도 서로 믿음이 없으면 사상누각과 같아서 비바람에 무너지고 만다. 서로 믿음이 있을 때에만 진실한 사랑이 충만하게 될 것이다.

남녀간의 사랑은 두 가지 요소가 있어야 하는데, 하나는 육체적 사랑이고, 또 하나는 정신적 사랑이다. 사랑을 하게 되면 활력이 생기고, 생명의 기운이 솟아나는 것을 알 수 있다.

사랑하는 남녀를 가만히 살펴보면, 눈에는 정기가 빛나고 얼굴에는 희망이 넘친다. 가슴에는 환희가 충만하고, 입술에는 미소가 풍기고,

몸에는 생기가 약동한다. 그래서 사랑은 생기의 원천이며 기쁨과 희망이 넘치는 행복의 원천이라 할 수 있지 않겠는가.

2. 스트로게

부모가 자식에게 주는 사랑은 맹목적이다. 그런 혈족간의 사랑이 스트로게(Storge)인데, 그것은 인간이 갖는 종족보존의 본능이다. 부모와 자식간의 사랑이나 형제간의 사랑 더 나아가서 친족간의 사랑도 그것이다. 그것은 하나의 조상을 가진 혈족(血族)간의 유대이다.

피는 물보다 진하다고 한 진부한 옛말이 이 경우에는 절대적 진리이다. 사람의 몸속에 들어 있는 액체는 대체적으로 눈물과 땀과 피로 이루어져 있다. 그 세 가지 중에서 피의 온도가 가장 높고 액체의 상태이나 색깔이 진하다. 피 속에는 대대로 내려오는 유전인자가 섞여서 피로 맺어진 혈족인 것을 알 수 있다.

부모 형제의 관계는 끊을 수 없는 인륜(人倫)을 넘어선 천륜(天倫)에 속한다. 아무리 뜨거운 남녀간의 사랑도 세월이 가면 시들해지는데 부모와 자식의 사랑은 세월이 흘러도 변하지 않는다.

자식이 못났다고 버릴 수 없듯이 부모가 보잘 것 없다고 하여도 내 부모인 것이다. 가족은 부모와 자식과 형제가 서로 이어져 구성되는 생활공동체이며, 때로는 운명공동체가 될 때도 있다.

부부는 이혼하게 되면 남남으로 돌아간다. 그것은 성애(性愛)를 바탕으로 한 결합이기 때문에 어느 한 쪽이 부정(不貞)을 행하면 헤어져 무관무연의 타인이 되고 만다. 그러나 부모 자식과 형제자매는 혈연으로 맺어졌기 때문에 끊을래야 끊을 수 없다.

가정은 자식에게는 따뜻한 안식처이기도 하지만 인생의 교육도장이기도 하다. 태어나 제일 처음 만나게 되는 사람이 부모이고, 말이나 행동을 가르치는 사람도 부모이다. 가정에서는 부모 형제와 공동생활을 하며, 서로 사랑하고 도우며, 희생하고, 인내하고, 질서를 지키며, 존중하면서 살아가는 것이다.

가정이라는 생활공동체에서 예절이나 가치관을 배우며, 사람다워지고 자라나는 것이다.

가정에서는 네 것 내 것의 구분을 크게 두지 않는다. 가정은 소유의 공동체이기도 하기 때문이다. 또한 가족은 운명적으로 결합된 관계여서 부모를 마음대로 선택할 수 없고 자식을 임의로 선택할 수도 없다.

가족은 인간의 원초적 집단이고, 근원적 공동체이다. 부모님의 사랑을 하해와 같다고 하지만 가장 넓고, 깊고, 강하고, 고귀한 것은 어머니의 사랑이다. 그것은 무조건의 모성으로 모성애는 헌신적 사랑이며, 희생적 사랑이어서 아낌없이 주는 사랑의 전형인 것이다.

인간이 가진 말 중에 어머니란 말처럼 위대한 단어를 나는 아직도 보지 못했다. 단어가 위대한 것이 아니고, 어머니의 사랑이 포함되어 있어서 위대하다. 어머니에게는 고귀하고 아름다운 요소가 함축되어 있다. 어머니는 따뜻하고 너그러우며, 자식을 위해 정성을 다하고 포근한 정을 느끼게 하며, 때론 눈물겹게 감싸주기도 한다. 그래서 어머니는 순수하고 아름다운 것들의 상징이다.

어머니의 웃음 속에는 사랑과 신비가 있다. 어머니의 가슴은 사랑을 저장해 두는 곳간이며 사랑의 꽃밭과 같다. 인간이 지닌 사랑의 표본을 어머니의 사랑에서 찾는 것은 아가페의 사랑에 가장 가까운 것이 모성애이기 때문이다.

3. 필리아

필리아(Philia)는 우애(友愛)를 의미한다.

《논어》(論語)의 '학이편'(學而篇)에도 "유붕자원방래(有朋自遠方來) 불역낙호(不亦樂乎)"라는 우정예찬론(友情禮讚論)으로 시작된다. 정다운 친구가 먼 데서 찾아오니 이 또한 기쁘지 아니한가, 하는 이 말은 우정이 인생에서 차지하는 비중이 크다는 것을 알게 한다. 우애는 이성간의 사랑만큼 뜨겁지는 않다. 이성간의 사랑을 화려한 심포니 오케스트라라고 한다면 우정은 조용한 실내악이라고 말할 수 있다.

친구란 서로 만나 대화를 하며, 기쁘거나 어려울 때 서로 위로가 되어 주고 같이 기뻐할 수 있으면, 평생을 같이할 친구가 될 수 있을 것이다.

마음을 열고 흉금을 털어놓을 수 있는 친구를 지기(知己)라고 하고, 또 막역(莫逆)이라고도 한다. 친구와 술은 오래 묵은 것일수록 좋다고 말한다. 그래서 우정은 성장이 느린 나무와 같다. 연애는 순간에 영원의 사랑으로 이루어질 수도 있지만 우정은 오랜 시간과 교제를 거친 후에야 평생지기가 될 수 있다.

사회생활을 하다 보면 많은 사람들을 사귀게 된다. 그렇다고 해서 모두가 친구가 되지는 않는다. 옥돌을 자르고 갈고 닦아 아름답게 만든다는 뜻의 절차탁마(切磋琢磨)라는 말이 있는데, 진정한 우정을 지닌 친구는 바로 절차탁마를 거친 친구라 할 것이다. 친구가 힘에 겨워할 때는 격려해 주고, 서로의 장점을 발견했을 때는 서슴없이 존경하는 마음을 갖는 것도 바람직한 친구의 모습일 것이다.

굽이굽이 어려운 인생길에 친구가 없다면 얼마나 황량하고 쓸쓸할 까. 친구는 가족과는 또 다른 공감대를 공유하는 존재이다. 가족에게 할 수 없는 이야기를 터놓고 의논할 수 있는 상대가 바로 친구인 것이 다. 그래서 친구가 없는 인생은 고독하다 말할 수 있다.

좋은 친구는 내게 기쁨을 준다. 바쁘게 살다가도 문득 생각이 나며 같이 술을 마시고 싶어지는 상대도 친구이다. 그런데 내가 좋아하는 친구에게 나도 좋은 친구인지 생각해 보아야 하겠다.

4. 아가페

아가페(Agapé)는 종교적인 사랑으로 용서하고, 헌신하며, 긍휼(矜恤) 히 여기고, 희생하고, 봉사하는 사랑이다. 아가페는 사랑의 종교인 기 독교 사상의 핵심을 이룬다. 신이 인간에게 보내는 사랑은 모든 덕 중 에서 최고의 가치를 지닌다.

신(信), 망(望), 애(愛)는 기독교의 삼덕이다. 이 삼덕 중에서 최고의 가 치를 지니는 것이 사랑이다. 아가페는 다음 세 가지의 사랑을 의미한 다.

첫째는 신이 인간을 사랑하는 하강적 사랑이요, 둘째는 인간이 신 을 사랑하는 상승적 사랑이고, 셋째는 인간이 인간을 사랑하는 수평적 사랑이다. 신이 인간에게 내리는 하강적 사랑이 사랑의 기본인 아가페이지만 다른 사랑도 그와 못지않게 중요하다. 사랑 안에 있는 사람은 하나님과 함께 있는 사람이라고 볼 수 있다.

신을 가장 가까이 느낄 수 있다면 그 사람은 사랑을 실천하는 사람이다. 사랑이 없는 자는 신을 알 수 없으니, 그 이유는 하나님(神)이 곧 사랑의 전령이고 본체(本體)이기 때문이다. 기독교인이라면 누구나 하느님을 말한다. 그러나 아무도 하느님을 본 사람이 없다. 그러면 하나님을 보는 길이 무엇이겠는가. 그 길은 사랑의 실천이다.

기독교는 두 개의 사랑으로 구성된다. 하나는 하나님에 대한 사랑이요, 또 하나는 이웃에 대한 사랑이다. 신에 대한 사랑은 수직적 상승적인 사랑이요, 이웃에 대한 사랑은 횡적 수평적인 사랑인 것이다. 사랑이라는 뿌리에서 한 줄기는 신에게로 향해 있고, 한 줄기는 이웃으로 향했다.

마음과 정성과 뜻과 힘을 다하여 하나님을 사랑하라고 하였고, 네 몸과 같이 네 이웃을 사랑하라고도 하였다. 이것은 신에 대한 완벽한 사랑의 메시지이며, 사람이 사람에게 보내는 사랑의 방식 중 최고의 표현인 것이다.

기독교적 아가페를 종교적 예로 들었지만 예수의 박애정신과 석가의 대자대비는, 사랑을 가르치고 실천하여 밝은 세상을 만드는 참진리의 깨달음에서 같은 맥락이라고 말할 수 있다.

(1997년)

가정은 인생의 안식처

5월을 계절의 여왕이라고 한다. 5월엔 사람의 기분을 쾌적하게 해주는 알맞은 기후와 온갖 꽃들이 앞 다투어 피고 산과 들은 푸른색으로 가득하다. 이렇게 좋은 계절에 어린이날과 어버이날이 들어있어 가정의 달이라고도 한다.

한 집안이 잘 되려면 그 집에서 세 가지의 소리가 들려 나와야 한다고 한다.

첫째 어린이의 웃는 소리가 들려야 하는데, 어린이의 웃음소리가 들리지 않는 것은 그 집의 대가 끊어졌다는 의미이다. 아이가 없는 가정은 사막처럼 황량하다. 어린이는 한 가정의 희망의 싹이고 나라의 미래이다.

그리고 두 번째로 집에서는 언제나 책 읽는 소리가 들려야 한다. 글을 읽는 소리, 공부하는 소리가 들리지 않고 서로 불화하는 소리만 들린다면 그 집은 불행한 집안이기 때문이다.

세 번째는 일하는 소리가 들려야 한다는 것이다. 온 식구가 근근자자(勤勤孜孜)한 마음으로 열심히 일하는 가정이 번영하는 가정이고 건전한 가정이다. 가정은 평화의 안식처이며, 행복의 보금자리이기 때문이다. 그래서 화기만당(和氣滿堂)이라고 화목한 기운이 온 집안에 충만해야 봄바람처럼 훈훈한 공기가 가득 차게 될 것이라고 하였다.

제가(齊家)는 치국(治國)의 근본이라고 옛 사람들이 말했듯이 가정은 사회의 기본 단위이다. 가정은 인간의 성격을 형성하는 기초가 되는 곳이며, 사람의 바탕과 정신의 근본이 만들어지는 곳이라 할 수 있다. 어버이에 대한 권위와 존경, 자녀들에 대한 사랑과 형제자매간의 우애는 서로 위하는 신뢰의 정신공동체(精神共同體)가 된다.

"문제아가 있는 것이 아니라 문제 가정이 있을 뿐이다"라는 말이 있다. 신뢰와 화목이 없는 가정에서는 비뚤어진 문제아가 생기기 십상이다.

《에밀》을 쓴 장자크 루소(Jean-Jacques Rousseau, 1712~1778)는 가정을 가리켜 '도덕의 학교'라고 하였다. 가정은 인생의 학교이고 정신의 도장이라는 것이다. 가정은 행복의 뿌리이기에 건전한 가정을 만드는 것이 사람이 해야 할 가장 고귀한 임무임에 틀림없다. 화목하고 따뜻한 가정을 만드는 것은 부모가 해야 할 의무이니, 남자와 여자가 결혼하여 자녀를 낳고 키우며 지켜야 할 중요한 과제이다.

현대의 산업사회에서는 기술과 정보가 대중화되고, 그 속에서 가정은 점점 따뜻한 기(氣)를 잃어가고 있다. 지금은 건전한 가정의 재건(再

建)이 시급한 시대에 와 있다.

세상에서 가장 아름다운 것이 어머니의 눈동자라고 한다. 자식을 바라보는 어머니의 눈동자에는 사랑의 향기와 절절한 기도가 있다. "인간에게 사랑을 보여주기 위해서 하나님은 어머니의 가슴을 만들었다"고 어느 시인은 노래하였다. 어린이에게 어머니는 태양과 같은 존재여서 어떤 슬픔이나 불만이라도 어머니의 온화한 미소를 보면 모두 사라지고 만다. 그래서 여성은 약하나 모성은 강하다고 했나 보다.

사람들은 자기가 이루지 못한 뜻을 자식을 통해서 이루어 보고 싶어 한다. 그러므로 자식을 위하여 헌신적으로 노력하며, 때로는 욕심을 부리기도 하지만 언제나 바탕에는 사랑이 담겨 있다. 어머니가 가지고 있는 사랑은 어떤 난관이라도 헤쳐 나갈 수 있는 힘이 되는데, 부성애도 그에 못지않은 사랑의 힘을 가지고 있다.

부성애는 밝고 늠름한 기상을 보여주며 강건한 의지가 있다. 어린 아이에게 필요한 것은 물질이 아니라, 부모의 따뜻한 관심과 애정이다. 어린이에게는 격려와 칭찬이 벌을 주는 것보다 더 큰 약이 되기도 하는 것은 다 아는 일이다.

인간은 빵으로만 살 수 없고 사랑이 있어야 살 수 있다. 그것을 입증할 수 있는 좋은 이야기가 있다.

어느 집에 상처한 사내가 새 아내를 들였는데 그에게는 갓난아기가 있었다. 새 아내도 아기를 낳았으나 좋은 어머니가 되려고 전처의 아이에게 더 많은 정성을 들였다. 잘 먹이고 잘 돌봐 주었으나 웬일인지 전처의 아이는 마르고 힘이 없어 보였다.

하늘의 신이 가만히 내려다보니, 전처의 아이를 데리고 누워 있는 여인에게서 서기가 나와 자신이 낳은 아이에게 가는 것이 보였다고 한다. 아무리 정성을 쏟는다고 해도 사랑하는 마음이 자기의 아이에게 가는 것은 어쩔 수가 없는 모양이다. 그러니 '사랑은 인간의 주성품(主性品)'이라고 한 독일의 철학자 피히테(Johann Gottlieb Fichte, 1762~1814)의 말은 만고의 진리가 아닌가.

사랑이 부족하면 가정과 사회는 병이 들고 만다. 사랑과 화기가 넘치는 가정이 있어야 사회도 건전하고 국가도 건전할 수 있다. 건전한 가정을 이루려면 가풍이 필요한데 한 집안에 내려오는 좋은 전통의, 정신적 도덕적 풍토를 가풍이라고 한다. 좋은 가풍 안에서 자란 자녀가 훌륭한 사회의 일꾼이 되기 마련이다.

가정은 사랑과 핏줄로 얽힌 인간의 가장 절대적이고 가장 근간적(根幹的)인 기본 집단이다. 그래서 가정은 언제나 돌아가 쉴 수 있는 안식처요, 행복의 보금자리이다. 사람들은 아침에 집을 나와 사회에서 동분서주 활동을 하다가 저녁이 되면 모두 집으로 돌아간다.

그러나 요즈음에는 가정의 소중함이 많이 쇠락하고 있다. 가정이 없는 사람은 평안하지도 못하고 행복할 수도 없으니 가정의 깊은 의미를 다시 한 번 깊이 생각해 볼 필요가 있지 않을까.

(1988년 5월)

사랑의 부메랑

한 농부가 소를 몰고 뒷산으로 올라갔다. 농부는 소가 풀밭에서 풀을 뜯는 동안 한숨 늘어지게 잤는데, 얼마 후 깨어 보니 큰일이 벌어졌다. 풀밭에 있어야 할 소가 다른 집 콩밭에 들어가 쑥대밭을 만들어 놓은 것이다.

난감해진 농부는 콩밭 주인을 찾아가 주인을 찾으니, 나이든 노인이 무슨 일이냐는 듯 고개를 내밀고 내다보았다.

노인을 보자 농부는 태연스럽게 "영감님, 이 일을 어쩌면 좋습니까" 하고 말했다. 노인이 무슨 일인데 그러느냐고 하자, 농부는 "영감님 댁 소가 우리 콩밭에 들어와 콩밭을 다 망쳐 놓았습니다"라고 전후 사정을 뒤집어서 말하였다.

이야기를 다 듣고 난 노인은 농부가 예상한 대로 "망치다니 무슨 말을 그렇게 하나. 우리 소가 자네 콩밭에 들어갔다면 밭에 똥을 누었을 게 아닌가. 올해 콩 농사가 아주 잘 되겠군, 그래" 하고 말하였다.

그러자 농부는 회심의 미소를 지으며 "영감님, 사실은 저희 집 소가 영감님댁 콩밭에 들어갔답니다" 하고 말했다.

그러자 갑자기 노인의 안색이 달라지며 "뭐라고 자네 소가 우리 콩밭을 망쳤다구? 이런 고약한 놈의 소를 봤나. 즉시 변상하게. 변상하지 않으면 그놈의 소를 가만두지 않겠네."

농부도 지지 않고 말하였다.

"영감님, 방금 전에 말씀하셨지 않습니까. 소가 콩밭에 들어갔으니 콩 농사가 아주 잘 될 거라고요. 그러니 영감님이 오히려 저에게 고맙다고 해야지요. 하하하."

인간의 이기적인 성향을 잘 드러내 주고 있는 이야기다.

정도의 차이는 있겠지만 누구나 이런 경향이 없지 않다. 자연의 관점에서는 서로 상대적 무게가 어느 쪽에도 기울지 않을 텐데 인간은 누구나 다 자기 중심으로 생각한다. 욕심을 잉태한즉 죄를 낳고, 죄가 장성한즉 사망을 낳는다고 한 성서의 말처럼 욕심은 모든 죄의 시발점이 된다.

몇 년 전 LA에서 흑인들이 폭동을 일으켜 한국인들이 큰 피해를 입은 사건이 있었다. 우리 교민들이 피해를 입기는 했으나 가해자인 흑인들의 한국인에 대한 시각을 편견이라고만 몰아붙일 수 없다.

그들은 한국인을 유대인보다 더 지독한 구두쇠라고 하고, 흑인들에게서 번 돈을 한 푼도 쓰지 않고 돈을 벌고 나면 떠나 버린다고 하였다. 이러한 지적에 대해 교포들도 공감하며 자성하는 사람들이 많았다고 한다.

미국 사회에서는 돈을 벌면 사회에 환원시키는 인도주의적 불문율이 사회 전체의 기본이다.

그런데 한국인들은 그러한 미국의 사회적 전통은 아랑곳없이, 오직 돈을 끌어 모으기만 한다는 부끄러운 지적은 받은 것이다.

이 세상에 나 자신보다 중요한 것은 더 없겠으나 더불어 사는 것도 중요한 일이다. 나를 중심으로 주위가 형성되고 가족과 사회와 나라가 존재하지만, 혼자서는 절대로 살 수 없는 것이 인생길이다.

무게 중심을 나에게만 둘 것이 아니라, 상대적 평등 안에서 남도 생각하며 살아야 할 것이다.

원한과 미움을 품고 있으면 그 마음은 칼날이 되어 나에게로 돌아온다. 따뜻한 사랑의 마음을 보내면 그 마음은 더 큰 사랑이 되어 다시 나에게로 돌아온다. 이것이 바로 부메랑의 원리이다.

(1999년)

여성의 아름다움

며칠 후면 막내아들의 혼례를 치르게 된다.

위로 두 아이를 결혼시키면서 며느리를 둘이나 들였고, 이제 셋째 며느리를 보게 된 것이다. 아들만 셋을 둔 나는 딸 기르는 재미를 모르고 살아왔다.

며느리들이 들어오고부터, 남자들만 있어서 아기자기한 재미를 모르던 집안이 한결 부드러워졌다.

며느리를 모두 보게 되고 보니 길러 보지 못한 딸에 대한 환상 때문인지, 며느리들에게 괜한 기대를 하게 된다. 그래서 조금 한가한 시간에 서재에 앉아 여성들에 대하여 생각해 보았다.

사람은 누구나 아름다운 모습이기를 원한다. 남성에게는 남성적인 아름다움이 있고 여성에게는 여성적인 아름다움을 각기 가지게 되는데, 그것의 가치는 사람에 따라 다를 수 있다. 내가 좋아하는 아름다운 여성은, 여성적 바탕 위에 끊임없이 인격 수양을 쌓기 위해 노력하는 여성이다.

교양이 부족한 여성이나 아름다움을 이해할 줄 모르는 여성은, 어디서나 아낌과 존경을 받지 못하는 것을 볼 수 있다. 또 여성이기 이전에 인간이어야 하기 때문에, 인간적 자질과 능력에도 크게 결함이 없어야 한다.

품위를 잃지 않기 위해 무엇보다 중요한 것 중에 하나는 감성과 지성이 균형 있게 갖추어져야 하지 않을까 생각한다.

새는 균형 있는 두 날개가 있어야 하고, 사람은 팔 다리의 균형을 지녀야 하듯이 인간은 언제나 감성과 지성이 조화로울 때 아름답게 보인다. 남성들은 대부분 동적인 성품을 가지고 있고, 여성들은 정적인 편이다.

그래서 때로는 여성의 경우 감정이 지나치게 풍부하여 이성적으로 조절하지 못하는 것을 볼 수가 있다. 풍부한 감정이 장점이 될 수도 있고 아름다움을 더해 주기도 하지만, 어느 정도의 지적인 성장이나 지성적인 사리 판단을 갖추지 못하면, 그것은 인간적 결함이 되며 인품에 손상을 입히게 되고 만다. 그래서 나는 지적 수준을 가진 여성을 아름답게 여긴다.

인간은 생각하는 동물인 동시에 언어를 사용하여 사람과 사람 사이를 서로 소통하며 산다. 요즘엔 세상이 각박하게 변하면서 언어도 많이 변했다. 그렇더라도 품격 있는 말씨를 구사하는 여인은 얼마나 아름다운가.

고상한 말씨에 그 표현 방법도 아름다워야 하겠지만 대화를 통해 서로를 존경할 수 있다면 삶이 한층 고귀할 것이다. 고상한 품위는 스스로 만들어 가는 것이기 때문이다.

나는 또 여성이라면 너그럽고 여유 있는 성품을 지녔으면 좋겠다. 마음에 여유가 있는 사람은 매사에 생각이 깊고 고요한 정신세계를 지킬 수 있으며, 생각이 깊은 사람은 자기 성찰을 통하여 고매한 인격을 갖출 수 있기 때문이다.

나는 남성이나 여성이나 겸손한 사람을 높이 평가하게 된다. 자신의 부족함과 단점을 잘 알고 있는 사람은 겸손할 수 있으나 교만한 사람은 자만심에 빠져 남에게 혐오감을 주기도 한다. 누구든지 교만한 사람과는 친구가 되길 꺼리게 되지만 겸손한 사람의 주변에는 항상 사람들이 모여들게 마련이다.

나는 예술을 이해하거나 종교적 신앙을 가진 여성을 볼 때 아름다움을 느낀다. 예술을 이해한다는 것은 창작 활동을 하는 것만이 아니고, 예술을 감상하거나 예술의 아름다움과 조화를 즐길 줄 아는 것을 의미한다. 여성은 선천적으로 예술적 감성이 풍부하며 남성보다 앞서는 심미안을 지니고 있다.

인간에게 주어진 자유 중에는 종교의 자유도 있어서, 아무도 믿음을 강요하거나 제지할 수 없다. 그러나 나는 종교를 믿든 안 믿든 종교적 인생관이나 신앙적 삶의 의미를 아는 사람이 좋다. 내가 말하는 종교는 기성 종교의 어떤 절차나 행사를 말하는 것이 아니다.

자신이 갖고 있는 신앙을 최선의 것으로 여겨 배타적으로 빠진다든지 종교적 행사나 규범을 인간의 존엄성보다 더 크게 여기는 것은 옳지 않다는 생각이다.

꼭 그런 것은 아니겠지만 참다운 신앙은 인간의 품위와 인격을 높이기도 하는데, 여성들이 종교를 통하여 각자의 고귀한 품위를 갖추어서 사회를 더욱 아름답게 만들 수 있을 것이라는 생각이 든다. 그리하여 가정에는 행복을 더해 주고 사회에는 정신적 질서를 높여 남성들로 하여금 건전한 사회를 만들 수 있도록 할 수 있지 않을까.

지금까지 지구의 역사는 끊임없이 발전해 왔다. 앞으로도 계속 발전해야 할 사회를 아름다움과 행복으로 채우기 위해서, 여성들의 더 많은 역할을 기대해 본다.

(『수필춘추』 2003년 봄호)

사랑의 재발견

　나는 가끔 사랑이 아주 미묘한 감정에서 시작되는 것을 느낀다. 가슴에 닿은 떨림의 현상은 온몸에 발광체라도 있는 듯 영롱한 빛으로 사랑을 빚게 되는데 그것은 이성간의 사랑이다.

　사랑은 지고지순한 경지에 닿기도 하지만, 자신도 감당할 수 없는 감정으로 이성이 마비되면 사랑 본래의 의미는 사라지고 만다.

　사랑을 할 때는 누구나 시인의 마음이 된다. 사랑하는 마음은 시가 되고 노래가 되며, 사랑을 통하여 삶의 희열과 고뇌가 예술로 승화될 수 있기 때문이다.

　테니슨(Alfred Tennyson, 1809~1892)의 시에는 "사랑을 해 보고 잃어버린 쓰라린 경험을 가진 사람이, 사랑을 해 보지 못한 사람보다 행복하다"고 했다.

　어버이가 자식에게 쏟는 애틋한 사랑이나 연인에게 보내는 열정이며, 이웃에게 내어민 따스한 손길 등, 그런 사랑으로 해서 세상의 불빛은 언제나 따뜻하다. 그러나 사랑은 꼭 사람과 사람 사이에서만 이루어지는 게 아니다.

애완동물을 사랑하는 사람들은 별의별 동물을 키우고, 심지어는 파충류를 키우는 이들도 있지만, 자기의 일을 사랑하여 애착을 갖고 밤낮으로 노력하여 성취하는 사람들도 있다. 그런 사람들이 있어 인류는 지금까지 과학이나 예술 등 각 분야에서 발전에 발전을 거듭하고 있는 것이다.

생각해 보면 인간이 살아가는 것은 작은 사랑이 하나하나 릴레이처럼 이어져 사회를 이루고 세계로 이어지고 있다. 사랑이 가득한 마음에는 항상 낙원이 깃들어 있어 타인에게 너그럽고 포용하는 마음을 갖게 되는 것을 볼 수 있다.

불현듯 가슴 속에서 꿈틀거리는 미묘한 감정은 풀잎 하나, 나뭇가지에 앉아 지저귀는 새의 노래, 구름 한 점, 바람 한 줄기에도 연민의 정을 느끼며 가슴을 뛰게 한다.

인생은 고해와 같다고 한다. 그런 고독한 길을 가며 그래도 행복할 수 있는 것은 사랑이 있기 때문이다. 외로울 때 친구를 만나고 싶어 전화를 걸기도 하고, 같은 취향을 가진 사람끼리 서로 만나 여담을 나누는 일, 집안을 정돈하고 화초를 다듬는 일, 애완동물을 어루만지는 행위까지 사랑이 있어야 더 의미 있는 일이 될 수 있을 것이다.

풀이나 나무처럼 자연적인 것이나 애완동물에게 주는 정은 일방적일 것이라고 생각하기 쉽다. 그러나 식물도 정성을 들이면 들인 만큼 사람에게 되돌려 주고, 애완동물도 주인을 따르며 때로는 보은하는 충견도 있는 것을 보면, 사랑은 어디에나 있는 것을 알 수 있다.

계산하는 사랑은 사랑이 아니다. 베푼 만큼 꼭 되돌려 받기를 바라서도 안 되고, 받기만 하고 베풀 줄 모르는 것도 인간의 도리가 아닐 것이다. 그러나 사람은 너나 할 것 없이 자기중심적이어서, 사랑하기보다 사랑 받기를 좋아하고, 최소한 핑퐁처럼 똑같은 무게로 주고받기를 원하게 된다.

사랑은 잔잔한 호수와 같다고 하지만 그것은 사랑을 하되 담담하게, 호들갑스럽지 않게 하라는 말인 것이다. 사랑의 호수에 뛰어들어 아름다움이 되라는 것이다. 한계도 없고 자로도 잴 수 없는 미지수의 실체가 바로 사랑이라 했으나, 나에게 있는 열정과 진실을 다해 참사랑이 어디에 있는지 찾아내 보고 싶다.

플라톤(Platon, BC 427~BC 347)은 사랑이란 이기적이거나 편애하는 것이 아니고, 고귀하고 진실한 것을 찾는 데 그 목적이 있다고 했다. 그런데 나는 지난 날 사회 일면의 어둡고 외로운 곳에 작은 선심을 베풀며 사랑을 이루었다고 생각하는 오류를 범하기도 하여 부끄럽기 짝이 없다.

사랑은 행동으로 옮길 때에 값어치가 있지만, 사랑을 행동으로 옮겼다고 해서 휴머니스트라도 된 양 생각한다면 진정한 사랑이 아니다. 사랑은 느끼는 것이지, 말이나 어떤 형식으로 표현해서는 그 의미가 반감되고 말기 때문이다.

나는 인간이 사용하는 언어로 사랑을 표현하기에는 부족하다는 생각이 든다. 그리고 성서에 쓰인 대로, 자기를 버림으로써 자기를 찾을 수 있다는 이치와 맞게, 사랑도 자기를 버림으로써 시작되고 진정한 것으로 이어지는 것이 아닐까 한다.

주는 사랑과 받는 사랑이 따로 떨어져서 대립되어서는 안 될 것이다. 어느 시인은 지난날 타락과 방종으로 살아왔던 때를 회상하며, 나를 기쁘게 했던 것은 사랑을 하고 사랑을 받은 것밖에는 아무것도 없었다고 하였다. 감성적 즐거움이나 영적인 행복에 이르기까지 사랑이 매개체가 되어 불꽃을 일으킨다. 사랑이 있는 곳에 기쁨이 있고, 기쁨이 있는 곳에 그 기쁨의 근원인 사랑이 있다. 사랑하는 사람들의 토굴은 사랑을 잃어버린 사람들의 궁궐보다 낫다는 말이 있다.

사랑은 메마른 사막에 솟는 한 줄기 샘물이며, 모래에 섞인 작은 황금과도 같다. 이성간의 행복을 결정짓는 것이 사랑인 것처럼, 한 단체나 한 민족의 번영을 가져오는 것도 사랑이고, 세계 평화의 근원도 사랑이다.

생명 다하는 날까지 아름다움을 간직할 수 있는 사랑, 자기 자신만이 지켜 나아갈 수 있는 진실한 사랑이 있다면, 진정 가치 있는 사랑이라고 할 수 있지 않을까.

물질만능의 시대를 살고 있는 현대인들은 진정으로 누군가를 아끼고 사랑할 수 있는 따뜻한 마음이 있어야 하겠다. 그래야만 차가움의 대명사인 메탈의 시대를 정신의 허허로움 없이 가슴 따뜻하게 살 수 있을 것이다.

(『중앙문학』 2003년 1월호)

아름다움의 조건

미(美)라는 글자는 양(羊)과 대(大)의 합자(合字)라고 한다. 또 대(大)는 독립된 인간이라는 뜻인데, 독립된 한 인간이 한 마리의 양을 거느리고 서 있는 모습이야말로 가장 아름답다는 것이다.

중국의 옛 사서를 펼쳐 보면 미(美)는 미(微)라 풀이해 놓았고, 또 미(微)는 미(味)라고 풀이해 놓았다. 그래서 '미(美)'와 '미(微)' 그리고 '미(味)'는 글자는 다르지만 뜻은 같다고 한다. 즉 아름다움에는 맛이 있어야 하고, 그 맛은 미묘하고 섬세하며 정교해야 한다는 말이다.

예를 든다면 요리가 바로 그렇다 할 것인데, 맛있는 요리는 보기에도 좋아야 한다. 그래서 보기 좋은 떡이 먹기도 좋다는 말이 있는 게 아닌가. 너무 짜도 안 되고 너무 달아도 안 되며, 미묘한 맛이라야 하는 것이다.

사람도 마찬가지여서 제아무리 겉모습이 아름다워도 속에서 풍겨

나는 맛이 없으면, 인간미가 없게 되어 진정한 미인이라 할 수 없다. 여성들의 외모의 차이는 천차만별이지만, 시대나 보는 사람의 관점에 따라 변할 수 있는 불완전한 기준일 뿐이다.

옛날의 미인형과 현대의 미인형이 다른 것은 명화를 보아도 알 수 있는데, 명화에 등장하는 미인들은 모두 풍만한 몸매를 드러내고 있는 것을 볼 수 있다.

여성의 얼굴과 몸을 등수로 매겨, 상품가치로 전락시킨 미인대회의 기준도 시대에 따라 많이 달라졌다. 객관적인 평가로 규정할 수 있는 미인이란 있을 수 없다.

누구나 미인일 수 있는 것은, 외모보다 마음이 아름다운 여성이 더 고울 수 있기 때문이다.

백치미라는 말이 있다. 외모는 화려하게 아름다운데, 머릿속에 들은 것이 없다는 말이다. 자신이 아름답다고 자만하는 여성들은 대부분 환상에 빠져 있어서 오히려 아름다움을 잃기 쉽다. 겉모습만의 아름다움은 금방 식상하게 마련이어서 사람들의 관심은 곧 사라지게 되고 말 것이다.

화무십일홍(花無十日紅)이라고 열흘 붉은 꽃이 없는 법이니, 외모의 아름다움은 세월이 가면 사라지고 만다. 성형술이 제아무리 좋아도 노화(老化)를 막을 수 없고, 화장품을 아무리 많이 발라도 젊은 피부를 계속 유지할 수 없는 일이다.

그래서 나는 얼굴만 아름다운 것보다 전체에서 풍기는 매력이 많은 여성을 좋아한다. 맑고 청결한 여성이 아름다운데, 맑은 눈빛과 청순해 뵈는 머릿결은 퍽 순수해 보인다.

매력 있는 여성은 부드러운 미소가 입가에서 떠나지 않고 마음씨 또한 곱게 마련이다.

마음이 곱다고 해서 자존심이 없는 여성은 아니다. 자존심은 남에게 지지 않는 태도를 말하는 것이 아니고, 자신의 격이 떨어지지 않게 자신을 지킬 수 있고, 자신을 이길 수 있는 마음이다.

나는 키가 적당히 큰 여성을 아름답게 생각한다. 우리나라의 젊은 여성들도 키가 상당히 크게 자란 것을 볼 수 있는데, 한국 여성의 키는 8등신보다 6등신이나 5등신 정도가 이상적이다.

요즈음 거리에 나가 보면 못생긴 사람을 보기 어려워졌다. 성형술의 발달로 비슷하게 생긴 미인들이 거리를 활보하게 된 것이다. 순수한 한국적인 모습의 눈과 코는 사라지고, 세계적인 미인의 모습으로 변해 버렸다.

그리고 여름이 되면서 어깨와 등을 다 드러내 놓고 서울 시내를 당당하게 걷는 여성들을 많이 보게 된다. 아름다움은 남에게 자랑하고 싶어지는 게 인간의 본성이다.

그러나 다 드러내 놓기보다, 감추어 두고 은근 슬쩍 보이는 것이 더 아름다워 보인다.

옛날에는 여성의 고운 목소리를 은쟁반에 옥 구르는 소리와 같다고 표현했다.

미성(美聲)은 칠난(七難)을 막는다고 하여, 불교에서는 미성이 일곱 가지 고난을 감추는 작용을 한다고까지 하였다.

목소리가 고운 데다 말씨까지 아름답다면 금상첨화라 할 수 있다. 여성의 아름다운 말씨는 품위를 한층 높여 주는 역할을 한다. 외모가 아무리 아름다워도 말씨가 곱지 못하면, 가지고 있는 미모마저 깎이고 말게 될 것이다.

고은 말씨는 지성미(知性美)를 풍기게 되니 여성의 아름다움에서 빼놓을 수 없는 덕목이다.

나는 이런 여성을 아름답게 생각하며, 이런 여성에게라면 기꺼이 페미니스트가 될 것이다.

(1997년)

사랑과 결혼의 조건

바다로 갈 때는 한 번 기도(祈禱)하여라. 전쟁터로 나갈 때에는 두 번 기도하여라. 그러나 결혼식장에 갈 때는 세 번 기도하여라.

이것은 유럽에서 전해지는 이야기이다. 바다는 위험하지만 한 번 기도하는 것으로 족하다고 하였다. 전쟁터는 훨씬 더 위험하다. 그러나 두 번 기도하라고 하였다. 결혼식장으로 갈 때에는 세 번 기도하라고 했으니, 결혼이 그만큼 어렵다는 것을 말해 주는 명언이다.

성격(性格)과 자라온 환경과 인생관(人生觀)과 기질이 서로 다른 두 남녀가 사랑과 이해와 신뢰 속에서 일생 동안 화목하게 살아가는 게 쉬운 일이 아니다. 인간의 노력만으로는 안 되며 신(神)의 은총과 가호(加護)가 필요하다고 생각할 만큼 어려운 것이 결혼이다.

사람들은 결혼하는 이유로 여러 가지를 말하지만, 그 중에 몇 가지를 들어보면 사랑(Love)과 좋아하는(Like) 것과 필요(Need)와 즐기기

(Enjoy) 위하여 결혼한다고 할 수도 있다.

여기에 나오는 네 단어 러브와 라이크와 니드와 엔조이는, 사람에게 없어서는 안 될 중요한 일이다. 행복한 결혼은 이 네 가지의 욕구를 다 충족시킬 수 있는 경우이며, 가장 바람직한 결혼이 될 것이다.

사랑하는 것과 좋아하는 것은 그 의미가 비슷한 것 같으면서도 다르다. 때로는 단순히 좋아하는 감정을 사랑으로 착각하고 결혼하여 불행해지는 사람들도 있다.

사랑은 애정의 강도(强度)가 불처럼 뜨겁고 강하지만, 좋아하는 것은 사랑에 비하면 애정의 농도가 약하다고 할 수 있다. 그러나 요즘의 젊은이들은 사랑하거나 좋아하는 것보다 필요에 의해서 좋은 조건을 따라 결혼하는 경우도 종종 보게 된다.

필요한 것도 무시할 수 없이 중요한 일이다. 남편에게는 아내가 필요하고 아내에게는 남편이 필요한 것처럼, 필요의 가치는 대단히 중요한 것이다. 결혼은 두 사람이 만나 이루는 생활공동체가 되고, 운명의 공동체여서 서로 이해관계가 일치되어야 한다.

그러나 그것만으로 행복한 결혼이 될 수 있는 것이 아니다. 사랑은 서로 상대방을 소중하게 생각해야 하고, 상대방에게 책임을 져야 하며, 너그럽고도 아낌없이 줄 수 있는 마음이 있어야 한다.

결혼은 같은 배를 타고 험한 파도를 헤쳐 나가는 것과 같고, 서로 마주 보기도 하지만 동시에 같은 방향을 바라보고 가야 하는 것이다. 연애와 결혼은 다르다고 볼 수 있는데, 연애는 남녀가 서로 사랑과 그리움의 감정을 느끼며, 서로 끌리는 것이다.

그래서 연애에는 꼭 사랑의 감정이 있어야 하고, 그 감정이 아주 중요하기도 하다. 결혼에도 사랑이 있어야겠지만 결혼에는 사랑보다 더 큰 의무와 책임이 따른다.

신성한 결혼의 의무 중에는 부부가 결혼 전 몸담았던 양가에 지켜야 할 책임과 역할이 있다. 남편과 아내의 가족간의 관계를 화목하고 원만하게 이끌어 가는 것도 결혼생활의 중요한 덕목이니, 사랑만으로 결혼생활이 행복하게 유지될 수 없는 이유이다.

그리고 결혼생활에 또한 중요한 것은 가족이 모두 건강해야 하고, 경제력도 어느 정도 있어야 하며, 자녀의 출생과 육아도 꼭 필요한 요소이다.

사랑의 튼튼한 기초 위에 이런 여러 요소가 원만하게 충족될 때에 행복한 결혼이 이루어진다. 부부가 서로 성실한 태도로 어떤 어려움도 극복할 수 있는 지혜와 노력을 기울인다면, 행복한 결혼이 계속 실현될 것이다.

(『중앙문학』 2002년 여름호)

3부

이 생명 다하여도

어머니를 생각하며
그리운 봉화산
가 보고 싶은 매봉산 길
이 생명 다하여도

어머니를 생각하며

나는 마음 속 깊이 어머니를 생각하며 회한의 눈물을 흘릴 때가 있다. 어머니께서 세상을 떠나신 지도 20여 년이 지났지만, 마음이 선하고 정직하며 유달리 신앙심이 깊었던 어머니를 생각하면 아직도 마음이 아프다.

요즈음도 가끔 현관문을 열고 집으로 들어서다, "애비냐" 하고 부르시는 어머니의 애잔한 음성이 들리는 것 같은 환청에 빠진다.

어머니는 쇠락하여 가는 가문에 15세의 어린 나이로 시집을 오셨다. 그리고 아버지와 사신 14년 동안 5남매를 낳아 위로 남매를 잃으시고, 누님 두 분과 유복자로 나를 낳아 키우셨다.

30세도 안 된 나이에 여자 혼자 자식을 키우는 것이 얼마나 힘들었을지 나이 들어가면서 어머니 마음을 헤아릴 수 있었다.

자식을 키우며 순간순간 가슴 졸이는 일이 많으셨겠지만, 나는 대

여섯 살쯤에 어머니를 애태우게 한 일이 있다.

그때는 장작을 땔감으로 쓰던 때였다.

어느 늦여름 날 오후 나는 장작더미를 엇갈려 쌓아 올리면서 놀다가 그 속에서 잠이 들었다. 저녁이 되어도 내가 들어오지 않으니, 어머니는 사람들을 동원하여 온 동네의 우물과 변소, 연못까지 밤 새워 뒤지고 샅샅이 찾아보았다고 한다. 그렇게 어머니의 애간장을 태우게 했던 나도 이제는 이순이 지났다.

내 어머니는 신앙심이 퍽 깊으셨다. 어머니의 초기 신앙은 샤머니즘이었고 토테미즘이었다. 얼마나 신앙심이 강하였던지 반만신이라고 하였다.

참나무로 만든 신장대를 안방에 모셔 놓고, 어머니는 늘 소원을 비셨다. 나는 철이 들면서 어머니가 기원하는 것보다 무당들이 집안에 드나드는 것이 창피하였다. 그래서 신장대를 불태우고는 부처님을 찾아 절을 헤매이기도 하였다.

신장대를 생명처럼 받들던 어머니는 내가 싫어하니까, 더 생각해볼 필요도 없이 단번에 걷어치우셨다. 어떤 일이든 어머니는 내가 싫어하는 일이라면, 절대로 하지 않는 분이셨다. 그만큼 어머니는 나를 믿어 주셨고, 나에게 힘이 되어 주었다.

그 후에 우리 가족은 기독교를 받아들이게 되었다. 그 무렵 고향 마을에는 기독교가 들어와 교회를 짓고 포교를 하고 있었다. 무슨 일에나 관심이 많았던 나는, 처음 접하는 새로운 문화에 호기심이 생겨 유심히 살펴보게 되었다.

내가 보기에 기독교의 성직자들은 지금까지 보아왔던 불교의 스님이나 무속인들과는 다르게 보였다. 교인들의 말씨나 태도도 퍽 세련되고, 인간적인 것 같아 내 마음을 끌었다.

그때가 1940년대 후반 무렵이었는데, 나라 전체가 가난과 무지와 무질서로 혼란스럽던 때였다. 서양에서 들어온 기독교는 문화적으로 앞서 있었고, 그런 교회와 교인들을 좋게 받아들인 나는, 그때 신장대를 불사르고 교회에 나간 것이다. 미신을 신봉하던 어머니도 내 뜻에 따라 교회에 나가기 시작하였다.

어머니는 미신을 믿으실 때도 지성을 다하셨지만, 기독교를 믿으면서도 유별나게 신앙심이 깊으셨다. 나를 위해서 기도하며 정성을 다하신 어머니를 생각하면, 지금도 가슴 깊은 곳으로부터 감사하는 마음에 목이 메어 온다. 그런 어머니의 정성 어린 기도로, 나는 생명을 다시 찾는 기적을 체험하였다.

그때가 30대 후반의 나이였는데, 직업의 특성상 고뇌하고 결단을 요구하는 책임있는 일이 많아 스트레스가 심했다. 그런 탓인지 언젠가부터 심장에 이상이 생기고 말았다. 심장판막증이었는데, 수술을 해야 할 만큼 심한 상태였다. 숨이 차고 가슴이 두근거려 일상생활이 어려울 정도였다.

그러던 것이 어머니가 돌아가시고 난 후부터 아픈 증세가 사라지고 건강하게 되었다. 그러나 정말 병이 나은 것인지, 아니면 일시적 현상인지 알 수 없어 병원에 가서 검사를 해 보았다. 검사를 한 결과 심장의 판막증세가 없어졌다고 주치의도 놀라워하였다.

어머니는 하늘에서도 나를 위해 기도를 하셨을까. 기적이라고 밖에 달리 할 말이 없었다.

어머니의 신앙 목적은 나를 위해서 시작되었지만 어머니는 실생활에서도 기독교정신인 참사랑을 실천하셨다. 가난한 이웃에게 어머니는 밥과 옷을 주시고, 항상 사랑을 베푸시곤 하였다. 그리고 정직을 생활신조로 삼으셨던 어머니에게, 한 번은 이런 일도 있었다.

40여 년 전 내 첫아이 돌옷을 사러 나가신 어머니는 시장 앞에서 만 원짜리 수표를 주웠다고 한다. 그 자리에 서서 주인이 나타나기를 3시간이나 기다리다 경찰서에 맡기고 나오며, 주인이 찾아가기를 기원하셨다. 어머니는 그렇게 고지식한 분이셨다.

나는 올곧고 바르게 사신 어머님의 뜻에 어긋날세라, 그동안 세상 유혹에 빠지지 않으려 부단히 노력하면서 살아왔다. 그래도 어머니에게는 언제나 부족한 자식일 수밖에 없으니, 언제쯤 어머님의 사랑에 반이라도 따를 수 있을지 자괴감이 든다.

사모곡

나 태어나 육십 년이 지났건만
난 그냥
육십 년 전 요람에 누워
강보에 싸여

어머니 손길 도타운

꿈속에 잔다.

그리움이 안개 되어

눈 안에 가득히 메워도

손으로 잡히지 않는 거리에

노상 그렇게

서 있는 모습으로 서성이신다.

모시지 못하는 불효

가시 되어 마음 에어도

노상 그렇게

잔잔한 미소로

감싸 주신다.

불편한 다리로

자식 몸에 좋다는 온갖 약초

상어간유 풀뿌리 알로에 한약 비타민

두루두루 쉬임없이 찾아나서

먹여주기 바쁘신 어머니 어머니

주말에나 만나는 상봉 위해

엿새 내내 시골장터
드나드는 발걸음
너무나도 가볍다.

그러나
이 마음 간데없이 무거움은
그 헤아림 받아들이기엔
나의 작은 가슴은
너무 시리다.

어머니
나의 어머니.

(2000년)

그리운 봉화산

여름이면 사람들은 산이나 바다엘 가고 싶어 한다. 더위를 피하기 위해서이지만 너나없이 피서를 가는 것이 하나의 유행처럼 되어 버렸다. 그러나 피서 방법이 지나치게 호사롭고 낭비를 하는 것은 좀 생각해 볼 일이다.

이 지구상엔 일년 내내 더운 나라가 있는가 하면 추운 나라도 있다. 그런 지역의 사람들은 춥기만 하거나 덥기만 한 기후 속에서 인내와 극복으로 환경에 적응하며 살고 있다. 그런 곳에 비하여 사계절이 있는 우리나라는 축복받은 땅이라는 생각이 든다. 사막이 많고 숲과 나무가 적은 나라에 비하여 우리나라는 산도 많고 바다도 있으니, 피서를 따로 갈 필요가 없을 듯싶다.

요산요수(樂山樂水)란 말도 있듯이 산을 좋아하고 물을 좋아하는 사람들이 많아 요즈음엔 등산을 하거나 계곡을 찾는 사람도 많아졌다.

그런데 산을 좋아한다면서 산을 오염시키고 있으니 안타까운 일이다. 그래서 여름이면 산과 바다를 찾아가기보다 깨끗하고 조용했던 어린 시절의 산을 그리워하게 된다.

나는 서해안과 인접해 있는 산촌에서 나고 자랐다. 고향 근처가 송산 해안가여서 자연히 바다를 자주 가게 되었다. 감성이 가장 예민하던 사춘기 때, 나는 송산 앞바다를 바라보며, 혹은 모래밭과 갯벌을 거닐면서 낭만에 젖어 가슴을 설레이기도 하고 꿈에 부풀어 있었다.

그런 내가 나이가 들어가면서는 산을 좋아하게 되었다. 등산에 취미를 들여 한 달에 한두 번은 여러 경로로 알게 된 사회 각층의 사람들과 산악회를 만들어 산에 오르기도 하고 명승고적을 찾아 나선다.

그러다 보니 어느새 일상처럼 된 산행이 내 피서법이 되었고 내 얼굴은 언제나 검게 그을려 있다. 찌는 듯한 한낮에 햇볕을 받으며 숨차게 산길을 오르면 땀이 비 오듯 한다.

그러나 악전고투 끝에 정상에 이르면 더위는 가시고 마음이 상쾌해진다. 땀을 흘리는 것이 오히려 건강을 지키는 비결이고 지혜라고 할 수 있다.

요즈음은 나이 탓인지 때때로 고향의 봉화산이 그립다. 어릴 땐 멋모르고 오르내리던 그 산에, 기쁘고 서러웠던 온갖 내 추억이 서려 있어 잊을 수가 없다. 지금도 눈을 감으면 봉화산 골짜기와 산등성이의 광경들이 손에 잡힐 듯 떠오른다.

봉화산은 기암괴석이 많은 명산으로, 봄 가을은 물론 여름이나 겨울에도 등산객들의 발길이 끊이지 않는 곳이다. 그리고 봉화산의 큰 선바위 밑에는 샘이 있어, 그 물을 마시면 평생 무병하고 귀하게 된다는 이야기가 전해져 오고 있다. 쉼 없이 바위틈에서 쏟아져 내리는 물은, 계곡에 깊은 소(沼)를 이루어 놓아, 그곳에서 멱을 감은 뒤에 풀밭에서 명상에 잠기고는 하였다.

언젠가는 다시 돌아가고 싶은 고향 봉화산, 그 봉화산이 여름만 되면 더욱 그리워진다. 어릴 적에 같이 뛰놀던 옛 친구와 그 계곡의 소를 찾아가 다시 한 번 발을 담그고 싶다.

그런데 지금은 그 계곡에서 흐르는 물을 동네의 식수원으로 사용하여, 소에는 물이라고는 찾아볼 수 없이 흔적만 남아 있다고 한다.

봉화산 계곡에서 흘러내리는 시원한 물을 생각하며 귀를 기울이면, 아직도 졸졸 좔좔 흐르는 물소리가 들려올 것만 같다.

여름이면 그리워지는 봉화산이지만, 그 산도 세월 따라 아주 멀어져 가고 있다.

(1997년 7월)

가 보고 싶은 매봉산 길

길은 다니기 위해서 자연적으로 형성된 땅 위의 길도 있지만, 인간이 살아가기 위해 정해 놓은 목표를 향한 길도 있다. 목표를 향해 가다 보면 같은 길이라도 즐겁고 기쁜 마음으로 순탄하게 가는 사람이 있는가 하면, 무거운 짐에 눌려 비틀거리며 가는 사람도 보게 된다. 힘들게 가는 사람의 길은 고통스러워 고독하고 외로운 길이 될 수밖에 없다.

그러고 보면 내게 좋은 일이 남에게도 꼭 좋은 일일 수 없고, 남에게 기쁜 일이라고 하여 내게도 기쁠 수만은 없는 것을 알 수 있다.

지금도 지구의 한 쪽에는 밝고 행복한 곳이 있는가 하면, 어느 곳에서는 전쟁의 불안과 공포에 떨며 굶어 죽어 가는 아이들이 있는 곳도 있다.

그런 것은 서로 사는 길이 달라서일까. 인간은 평등하다고 하는데,

거대한 우주의 한 점 작은 지구에 살면서, 왜 이토록 사는 길이 다른지 신에게라도 묻고 싶다.

어렸을 때 내가 학교에 다니며 오고 가던 길은, 산길이며 숲길이었다. 그곳을 떠난 후로는 거의 가 본 일이 없으니, 하루도 거르지 않고 다니던 길이 이제는 기억 저편으로 사라져 희미해지고 말았다.

여름이면 친구들과 수영하러 다녔던 바닷길도 이제는 다시 가 볼 수 없는 먼 곳이 되었다.

젊어서는 잊고 살았던 고향 길이 아득히 되살아나며 자꾸만 그리워지니, 아마도 인생을 되돌아볼 나이에 와 있기 때문이라 생각된다. 어릴 때 다니던 길 중에서도 내 고향 송산에 있는 매봉산으로 가는 길이 더욱 잊혀지지 않는다.

고향 길을 생각하고 있으려니 노래처럼 절로 시구가 떠오른다.

내 마음의

시가 되기도 하고

꿈과 설움이 있는 길

그 길은

바다가 보이는 산길이고

산이 보이는 바닷길

나는 매봉산으로 가는

길 언덕에

다시 서 보고 싶다

매봉산은 산이 높고 골이 깊은 산이다. 나는 가끔 그 길을 따라 고모님 댁에 어머니 심부름을 가거나 놀러 다니곤 하였는데, 그 길 중간쯤에 공동묘지가 있었다. 어느 날, 그때가 내 나이 열 살쯤 되었을 무렵, 그날도 고모님 댁에서 놀다가 돌아오는 길에 공동묘지 옆을 지나고 있었다. 그때의 공동묘지는 길보다 높이 있거나 멀리 있지 않고 길옆 야산에 있었다.

지나면서 뭔가 눈에 띄는 게 있어 흘깃 보니, 피 묻은 옷자락이 갈기갈기 찢겨진 채로 놓여 있었다. 그리고 그 옆에는 서너 살쯤 되었을 어린아이 유골이, 들짐승에게 뜯겨 뼈만 남은 채 나뒹굴고 있는 것이 보였다. 무서운 생각이 들기는 했지만, 그냥 두면 그마저 들짐승에게 해를 당할 것 같아, 나는 손으로 흙을 파고 찢어진 옷자락에 유골을 싸서 묻어 주었다. 다른 아이들 같으면 아직도 어머니 치맛자락에 매달려 있을 나이에, 나는 어디서 그런 용기가 났을까.

어렸을 때의 나는 다른 아이들보다 조숙한 편이긴 했지만, 그런 생각을 할 수 있었다는 게 지금으로선 믿기지 않는다. 인간의 존엄성을 그때 이미 깨달았을 리 없을 텐데, 지금 그런 경우를 당한다면 그때처럼 할 수 없을 것이다. 그러나 어렸을 때 겪었던 그런 일들이 살아오는 동안 어려운 일에 부딪칠 때마다 용기를 주지 않았나 생각해 본다.

그러나 이제 다시 그 길을 걸을 기회가 있어도 내가 어렸을 때 친구들과 함께 다니던 산길이며 숲길은 아닐 것이다. 흐르는 강물처럼 그 길도 이제는 영영 돌아오지 못할 곳으로 가고 말았다. 길만 흐른 것이 아니고, 세월 따라 나도 흘러왔다.

때로는 숲속을 달려 왔고, 때로는 바람 따라 산언덕을 넘어 가슴 저리게 오늘에 이르렀다. 그 길들이 지금은 내 가슴 속에 남아 시가 되기도 하고, 꿈과 설움이 되어 고독한 향수에 젖게 한다.

내가 고향 길을 그리워하면서 가 보지 못하는 것은 그곳이 다시 걸어볼 수 없는 길이 되었기 때문이다. 내 어릴 적 기억 속에만 남아 있는 고향은, 너무도 변해서 어디가 어딘지 분간하기조차 어렵다. 그래서 더욱 그립고 가 보고 싶은 마음이 간절해진다.

흘러가는 구름은 되돌아오지 않고, 옛 기억 속에 묻혀 버린 길은 다시 가 볼 수 없다. 그리고 이미 흘러간 나의 인생도 두 번 다시 돌아오지 않는다. 이제는 내가 걸어왔던 길보다 앞으로 걸어갈 길을 더 많이 생각해야 할 것 같다. 지금까지 오는 동안 실수했거나 실패했던 일들을 생각하며 다시는 시행착오를 하지 말아야겠다.

인생사 사는 것이 서럽고 괴로울 때가 있다. 때로는 슬프고 마음이 아플 때도 있다. 그러나 미지의 인생길이 어떻게 펼쳐질지 가 보기 전에는 아무도 모른다.

밤이 지나면 아침은 어김없이 올 것이고, 제 아무리 꽁꽁 얼어붙은 겨울도 세월이 가면 따뜻한 봄이 오게 마련이다. 인간사 새옹지마라 하니, 곧은 길 험한 길을 걸으며 엎치락뒤치락 살아가는 게 인생사가 아니겠는가.

변해 버린 고향 길이나마 한 번 찾아가 보아야 하겠다. 이제는 늙어 머리에 서리를 하얗게 이고 있는, 어릴 적 친구들도 만나보고 싶다.

(2000년)

이 생명 다하여도

　누구나 그렇겠지만 나도 연말년시가 되면 세월의 무상함에 공연히 마음이 심란해진다. 내 나이를 헤아리며 늘어만 가는 흰 머리를 한탄해 보기도 하지만, 그래도 손자들의 자라는 모습을 보면 대견하여 흐뭇해진다.

　그러면서 내 지나온 삶과 남은 날들을 어림짐작으로 더듬어 본다. 나는 매우 건강해 보이는 체격이지만, 젊은 시절의 한때는 건강하지 못하여 살얼음을 딛고 살던 때도 있었다.

　내 나이가 마흔 살도 채 되기 전에 나는 죽음의 문턱까지 갔었다. 그때는 죽음이 한 걸음 두 걸음 내 주위를 맴돌며, 생명의 문을 매몰차게 닫아 버릴 것만 같았다. 그 무렵 나는 심장이 약해져 서 있기도 힘들 정도였다. 금방이라도 죽음이 닥칠 것만 같은 내 삶은 희망적인 것보다 절망에 사로잡혀 하루하루 이어져 갔다.

심장판막증이었던 내 병은 수술을 해야 할 정도였지만, 시간을 내기가 어려워 차일피일 미루고 있었다. 그때 나는 공직에서 물러난 후 대기업에 잠시 몸담고 있다가 어느 기업체의 책임자로 가서 얼마 되지 않은 때였다.

전기밥솥으로 유명하던 'M전기주식회사'의 법정관리를 맡게 되었는데 부도 상태인 회사를 살려야 하는 막중한 책임감에 나는 병원에 갈 시간조차 낼 수가 없었다. 죽으면 모든 것이 허사이고 끝이지만 나는 일에 매달리지 않을 수 없었다. 회사를 꼭 회생시켜야 하겠다는 부담감은, 병원에서 계속 치료를 하고 있었지만 병이 더 심해지기만 하고 낫지를 않았다.

나는 불안한 가운데에도 집에는 며칠에 한 번씩만 들어가며, 날마다 일에만 전념하였다. 그렇게 해서 몇 년 후에는 회사를 정상적인 궤도에 올려놓게 되었다.

그런데 내가 회사 일에만 매달려 있는 동안에 병중에 계시던 어머니께서 돌아가셨다. 몸이 아픈 데다가 일에 매여 힘들던 나에게 어머니의 죽음은 설상가상이었다. 지금까지 어머니가 내게 주신 사랑은 자식 이상이었고, 나 또한 어머니가 계시기에 편한 마음으로 일을 할 수 있었다. 그런 어머니가 돌아가시고 나니, 아픈 몸에 슬픔까지 겹쳐 더 견딜 수가 없었다.

그렇게 한 달여가 지났는데 어느 때부터인가 심장의 두근거림이 사라지고 건강이 회복되는 것을 느꼈다. 병원에 가서 검사해 보니 심장판막증이 자연적으로 치유됐다는 것이다.

기적이 있다는 말을 들어보기는 했어도 나에게 이런 일이 일어나리라곤 생각지도 못했던 것이다.

나는 이것이 어머니께서 돌아가시며 내게 주신 선물이라고 생각하였다. 어머니는 나를 유복자로 낳아 키우시며 평생을 나를 위해 기도로 살아오셨다.

내가 병이 낫게 된 기적은, 하늘에서도 내 걱정을 하신 어머니의 기도 덕분일 것이다. 그토록 어머니는 돌아가셔서도 나를 생각하시는데, 나는 어머니 살아생전에 변변히 효도를 하지 못하여 죄스럽고 가슴이 아프다.

나는 생각을 많이 하고 성격이 예민한 편이다. 어떤 문제에 부딪치면 단순하고 편하게 생각하지 못하고 혼자 끙끙거린다.

지금도 그 버릇이 조금은 남아 있지만, 그땐 왜 그랬는지 유난히 괴로워하며 형용할 수 없는 그리움으로 가슴을 앓았다.

나는 어떤 생각을 하면 고집스럽게 그것이 해결될 때까지 매달리는 성격이다. 아끼던 것을 잃었을 때는 대범하게 포기하지 못하고 어둠 속에 갇힌 듯 막막함을 느낀다. 그리움은 안타까운 마음을 사람의 가슴 속에 심어주기도 하지만, 삶을 희망으로 이끌어 주기도 한다.

병이 낫기 전의 나는 형용할 수 없는 그리움 때문에 정신세계가 침몰할 만큼 괴로워하며 몸부림치던 때도 있었다. 그때 내가 그랬던 것은 아마 내 생명의 불안함에서 온 정신 상태였던 것 같다.

태양이 눈부시게 산봉우리에 솟아오를 때의 신비로움, 나는 그 같은 현상 속에서 새벽안개가 걷힌 공원에서 고운 햇살 한 줌을 줍는다.

공원의 잔디에 앉아 있는 비둘기의 순결한 날갯짓을 보면서 그 생명을 귀히 여긴다.

그리고 내 생명을 순간의 시간 속에 아낌없이 내놓고, 덤으로 거두어 들인 하루하루에 감사하는 마음으로 살아간다. 내 스스로 살아간다는 생각보다 신이 목숨을 다하는 그 날까지 나를 이끌고 있다는 믿음으로 내 인생의 남은 삶을 누리고 있다.

병에서 벗어나 40세에 접어들 때, 나는 내 생명이 얼마나 귀한지 새삼 생각해 보았다. 죽음이 내 목덜미를 잡고 짓누를 것만 같은 때도 있었지만, 생명의 신은 어머니의 기도를 듣고 죽음에서 나를 떼어 놓은 것이다. 40세도 살아낼 자신이 없었는데 지금까지 살아 있으니, 매사에 감사한 마음으로 지금 죽는다 하여도 후회 없는 삶을 살아야 하겠다는 생각을 해 본다.

어떤 생명도 영원할 수 없으니 한 점의 두려움이나 미련을 버리고 남은 생명을 진실로 이어가리라 다짐을 한다. 지금까지 살아 있게 해준 신에게 감사 드리며, 자연의 기를 나에게 준 바람이나 구름이나 햇살에게도 고마운 마음을 전한다.

(2001년)

4부

기가 충만한 인생

탕자의 비유

잡지를 보면 이런저런 질문으로 설문조사를 해서, 통계를 낸 것을 가끔 보게 된다.

그 중에는 젊은이에게 권하고 싶은 책이 무엇인지 묻는 것도 있는데, 제일 많이 권하는 책이 성서라고 되어 있다. 또한 세계에서 지금까지 가장 많이 팔린 책도 성서라고 한다.

성서는 재미있거나 읽기 쉬운 책이 아니다. 그런데도 읽으라고 권하거나 많이 팔리는 데는 어떤 이유가 있을까. 전 세계적으로 기독교인이 많은 것도 이유일 것이고, 한 번 보고 마는 것이 아니고 계속 쓰여지기 때문일 수도 있다.

계속 본다는 것은 성서의 내용에 인간이 취할 만한 본질적인 테마가 있기 때문일 것이다.

성서에는 예수가 관중들에게 설교를 할 때 비유를 들어가며 말하는 대목이 많은데 나는 그 중에 '탕자(蕩子)의 비유'를 깊이 생각하며 읽는다. 방탕한 생활을 하다가 거지가 되어 돌아온 아들을 반기며, 아버지는 좋은 옷을 입히고 송아지를 잡아 아들이 돌아온 것을 축하하는 잔치를 베풀게 하였다.

앙드레 지드(Andre Gide, 1869~1951)는 탕자란 낭만적인 동경의 편력자라고 하였다.

그리고 탕자의 비유를 소재로 '방탕아의 귀가'를 쓰기도 하였는데, 인습에 대한 반항과 미지의 동경으로 집을 떠났던 탕자가 후회의 눈물을 흘리는 것을 볼 수 있다.

나는 나 자신도 성서에 나오는 탕자와 같은 생활을 하지 않았었나 반성해 볼 때가 있다. 허욕에 이끌려 가치 없는 것에 많은 시간을 낭비했던 것도 어느 면에서는 탕자의 생활이라고 할 수 있는 일이다. 비록 남의 것을 탐내지는 않았어도, 내 물질과 내 시간을 값없이 허비했던 일도 있다.

그것이 법에 저촉되지는 않겠지만 내 양심에 비추어볼 때 옳은 행위는 아니었다.

그렇게 생각하면 이 세상에 탕자 아닌 사람이 과연 몇이나 있을까. 그러나 인간은 후회하며 뉘우칠 줄 아는 양심이 있어 집으로 돌아갈 길이 있게 마련이다.

그리고 돌아갈 곳이 있고 반겨줄 아버지가 있으면 새로운 인생을 다시 살 수 있을 것이다. 하지만 뉘우치지 못하는 사람은 돌아갈 곳이 없으니, 따뜻이 맞아줄 아버지의 품도 없고 고향도 없이 인생을 고독하게 살 수밖에 없다.

사람은 끊임없이 자신의 내부에 있는 선한 마음과 악한 마음 사이에서 갈등을 겪으며 살아가고 있다. 그러나 성찰과 회귀의 결단을 내릴 줄 아는 사람은 잃어버린 영혼의 고향을 다시 찾을 수 있을 것이다. 인간에게는 회귀본능이 있어서 죽기 전에 고향을 찾아가게 되고, 고향 하늘을 향해 머리를 둔다고 한다.

현대에는 도처에 수많은 탕자가 방황하고 있는 것을 본다. 그들은 언제쯤이나 후회하고 뉘우치며 집으로 돌아가게 될까.

(2003년)

참회록

　나는 문학서적보다 전기나 참회록 또는 명상록을 즐겨 읽는 편이다. 참회록이나 명상록은 인생을 오래도록 살아온 사람만이 쓸 수 있는 글이다.

　요즈음엔 칸트(Immanuel Kant, 1724~1804)의 전기를 읽고 있다.

　칸트가 살았던 나이가 되려면 십수 년이나 더 살아야 되지만, 나는 때때로 지나온 날의 회상에 젖어 참회하며 앞으로 다가올 죽음까지 생각해 본다. 두 번 다시 태어날 수 없는 생명인 것을 생각하면, 인생을 함부로 낭비할 수 없다. 인생을 위해서 보람 있는 일을 해야 하겠다고 생각하기도 하지만 생각처럼 쉽지가 않다.

　팔십 세의 칸트나 구십 세의 미켈란젤로(Michelangelo, 1475~1564)는 고독함 때문에 우울한 생활을 하였다.

　고독하고 늙은 철학자가 밤마다 홀로 잠드는 모습을 상상해 본다.

고독한 것은 슬픔과 같다. 그러나 고독을 외로움으로 버려두지 않고 인생의 깊은 사색을 담을 때에 고독은 오히려 무한한 철학을 인간에게 부여해 주는 것이다.

날마다 음식을 먹고 잠을 자는 것은 평생을 두고 반복하는 일상이다. 그렇게 반복하는 일상적인 일도 늘 새로움으로 받아들일 수 있다. 그처럼 정신적인 생활도 마찬가지여서 새로운 야식을 취해야 하는데 정신의 새로운 양식은 책에서 얻을 수도 있고 지식이 많은 이와의 친교를 통해서도 얻게 된다.

나는 오래 전에 루소의 《참회록》을 읽은 일이 있다. 그때는 나이가 어려 루소의 참회록을 충분히 이해하기 어려웠지만, 그러나 모호한 중에서도 근대인의 사고방식을 조금은 깨달은 것 같았다. 그리고 자연을 대하는 방법을 배우고, 사람이 가야 할 길을 다소나마 이해할 수 있었다.

루소의 생애는 그 후 오랫동안 내 머리에 남아서 온갖 번민과 고난을 당할 때마다 그 내용을 생각하며 용기를 내곤 하였다.

루소의 자연에 대한 견해는 현대에서 보면 다소 맞지 않는 점도 있다. 그러나 속박을 떠나서 삶을 누리려는 것과, 또 일생 그 정신을 이어가려고 하는 투쟁을 잊을 수 없다. 인간으로 살면서 평생을 삶에 대한 번민으로 지냈다는 것에 가치가 있는 것이다.

루소는 자유로이 생각하는 사람이었다. 자유로 생각하는 사람은 문학이나 철학을 하는 사람들과 각 분야의 예술가들이 있다.

톨스토이(L. N. Tolstoy, 1828~1910)나 크로포드, 킹 같은 사람들도 여기에 속한다. 사람은 너무 세분화된 명칭에 묶여 있을 것이 아니라, 자유로 생각하고 자유로 쓰는 것이 좋을 것 같다. 특히 한국인은 너무 지나치게 자기의 전문분야만 고집하려는 경향이 있다.

루소의 참회록을 읽고 있으면, 영웅호걸의 전기를 읽을 때의 느낌과는 아주 다르다. 그의 참회록은 보통의 범인과 마찬가지로 실망하기도 하고, 낙담도 하는 약한 인간의 일생을 기록한 것에 지나지 않다. 그래서 공감하며 그의 글을 읽게 된다.

그의 일생은 우리가 따라가지 못할 수양을 한 일생은 아니었다. 그도 우리와 똑같은 인간의 공통점을 가진 약한 인간이었던 것이다. 그의 글을 읽다 보면 나 자신을 보고 있는 것 같다.

잘못을 행하는 일은 부끄러운 일이지만, 잘못을 뉘우치는 것은 부끄러운 일이 아니다. 그것이 바로 참회하는 마음이다.

(2003년)

온유한 마음

나는 사람에게는 온유한 마음이 있어야 한다고 늘 생각해 왔다. 온유한 마음은 따뜻하고 부드러운 마음이다. 따뜻한 얼굴과 따뜻한 말, 태도, 그리고 따뜻한 마음처럼 좋은 것은 없다.

그와 반면에 얼굴에 차가운 기가 도는 사람을 보면 정이 가지를 않는다. 사람과 사람 사이는 봄바람처럼 훈훈하고 따스한 마음으로 대해야 인정이 오가고 밝은 세상이 될 것이다.

그래서 옛날 우리의 선인들이 춘풍접인(春風接人)이라고 했나 보다. 봄바람이 몸을 스치고 지나가면, 겨우내 움츠렸던 몸과 마음이 활짝 펴지는 것을 느낄 수 있다.

화기만면(火氣滿面)이라는 말처럼 화목한 기운이 얼굴에 가득 차면 남에게 호감을 사게 되고 하는 일마다 저절로 잘 이루어질 것만 같다.

그래서 그리스도는 산상수훈의 팔복에서 온유의 덕을 예찬했다. 온유한 자는 땅을 유업으로 받을 것이라고 하였다. 새 땅의 주인이 될 사람, 새 사회의 계승자가 될 사람이라는 것이다. 온유한 사람은 얼굴에 미소를 짓고 사람을 부드럽게 대한다.

그런 사람은 언제나 평화스러운 마음을 갖고 누구하고나 즐겁게 대화를 나누며 마음이 너그럽다. 자기의 아집을 부리지 않고 자기만 옳다고 하지 않으며 소견이 좁지 않다. 이것이 온유한 사람의 표정이요 태도이다.

날마다 많은 사람과 얼굴을 마주 대하면서 살아가는 게 현대인의 생활이지만 산다는 것은 대인관계의 연속이다. 그러므로 사람을 대하는 법을 제대로 알아야 할 것이다. 인자한 사람에게는 적이 없다고 한 것은 맞는 이치이다.

독단과 아집이 강해서 제 주장만 고집하는 사람은 양보심이 없고, 남의 이야기를 잘 들어주지 않는다. 냉소적이고 모든 것을 부정적으로만 보고 생각하려고 하는 사람은 대인관계를 할 줄 모르는 사람이다.

부드럽다는 것은 얼마나 좋은 것인가. 부드러운 말, 부드러운 표정, 부드러운 태도를 지닌 사람은 후덕한 사람이요, 누구에게나 기쁨을 주는 사람이다.

겸허한 인격만이 온유한 표정을 가질 수 있고, 냉혹한 인간은 온유한 마음을 갖지 못한다. 온유한 마음, 이것이야말로 인간의 가장 훌륭한 덕이 아니겠는가.

기가 충만한 인생

사람의 몸과 마음에는 기(氣)가 흐르고 있다고 한다.

그러나 사람마다 신체적 구조와 정신적 상태가 달라서 기가 강한 사람이 있고 약한 사람이 있다. 사람들은 어처구니없는 일을 당하면 기가 막힌다고 말하는데, 한방에서는 병을 치료하면서 막힌 기를 뚫기 위해 침을 놓기도 한다. 단전호흡이나 기공체조를 해서 건강을 돕는 걸 보면, 사람에게 기는 매우 중요한 모양이다.

사람이 지니고 있는 기에는 여러 가지가 있는데, 눈에 흐르는 기를 정기(精氣)라고 한다. 정기는 맑은 기운을 말하는데, 눈이 맑게 빛나야 아름답게 보인다. 눈을 마음의 거울이라고 표현하는 것은 곱고 순수한 성품이 눈에 나타나기 때문이다.

수정처럼 맑은 눈을 가진 사람을 보면 빛에 반사되기도 하지만, 눈에서 빛이 나오는 것같이 보인다. 눈이 맑아야 사물의 핵심을 꿰뚫어

보는 통찰력이 생기고, 모든 일에 슬기롭게 판단하는 혜안이 생긴다고 할 수 있다. 눈빛이 흐리고 탁한 사람은 왠지 신용할 수 없는 사람으로 보인다.

사람에게는 육안(肉眼)도 있지만 심안(心眼)이 있다.

마음의 눈이 맑으면 진리를 알고 지혜를 깨달을 수 있고, 짧은 생각이나 좁은 소견을 가지면 마음의 눈이 흐리게 된다. 풀잎에 맺힌 이슬처럼 청정한 눈, 총기(聰氣)로 빛나는 맑은 눈은 누구나 가지고 싶어하는 눈이다.

얼굴에 화기(和氣)가 도는 사람이 있다. 봄바람처럼 훈훈한 기운이 감돌고 평화스러운 표정이 깃들인 얼굴이다. 화기만면(和氣滿面)하고 춘풍접인(春風接人)하란 것은 화기가 가득한 얼굴로 봄바람처럼 훈훈하게 사람을 대하고 접하라는 것이다.

인자무적(仁者無敵)이라고 했으니, 착하고 인자한 사람에게는 적이 없고 웃는 얼굴에 침을 뱉을 수 없는 이치이다. 또한 소문만복래(笑門萬福來)라는 말처럼, 웃고 살면 온갖 복이 대문으로 들어올 것이다.

활기(活氣)가 넘치는 사람을 보면 나 자신도 모르게 생기가 돈다. 좋은 기는 다른 사람에게도 전해져서 서로 기가 통한다고도 말한다. 생기발랄하고 원기가 충천하며 열정이 가득한 자세로 인생을 살아가면, 그보다 더 좋은 인생이 없을 것이다.

그런 사람은 자신감이 넘치고 무슨 일을 하거나 성공할 것임에 틀림없다. 몸에 활기가 충만해야만 칠전팔기할 수 있는 용기가 생기고, 시련을 극복하는 의지력이 생기게 된다.

어느 위인은 인간의 첫째 의무는 자기의 심신을 건강하게 하는 것이라고 말했다. 몸과 마음이 건강해야 가정과 사회에서 제 구실을 할 수 있기 때문이다.

한동안 '건강한 신체에 건강한 정신'이 있다고 하는 표어가 유행한 적이 있다. 몸에 활기가 넘치면 얼굴 표정이 밝아지고 걸음걸이는 당당하며, 일을 할 때도 생동감이 충만하게 마련이다.

나는 의로운 사람은 만나면 감동을 하게 된다. 가슴에 의기(義氣)를 품고 있는 사람, 의로운 마음과 의로운 기상을 지닌 사람은 참을 추구하는 정신이 있다.

몇 년 전에 한국 청년의 의로운 행동이 일본 사회를 감동의 물결로 넘치게 했던 일이 있다.

개인주의가 몸에 배인 일본인들에게 지하철 철로에 떨어진 일본 사람을 구하다 열차에 치어 사망한 한국 청년은 영웅과 같았다. 그 청년은 진정한 이 시대의 의인이다. 사회에는 의로운 사람이 많아야 하고, 민족에는 의로운 정신이 넘쳐야 함은 물론이다.

옛날 구약시대에 소돔과 고모라성엔 의인 열 명이 없어서 멸망하고 말았다. 참을 사랑하고 불의를 미워하는 것이 의라고 할 수 있는데, 어질고 착한 것이 인간 본래의 마음 바탕이요, 참되고 의로움은 사람이 마땅히 가야 할 옳은 길이라고 한 맹자의 말은 만고불변의 진리다.

세상에는 부패한 악이 있고, 부패와 싸우는 의가 있다. 악이 의보다 강하면 사회의 정의는 무너지고 말 것이다.

사람마다 양심이 건재하고 사회에 정의가 넘칠 때, 더욱 살 만한 세상이 될 것이라고 생각한다.

인간의 삶에서는 윤기(潤氣)가 흘러야 하는 것은 말할 나위 없는 일이다. 윤기는 윤택한 것이며, 멋과 낭만이 있고 풍족한 것이다. 거칠고 메마르고 삭막한 것은 사람의 마음까지도 황량하게 만들고 만다.

요즘 웬만한 곳은 모두 도시화되어 아파트 숲으로 변해 버리고, 산업사회의 경쟁 속에 사람의 마음까지 콘크리트처럼 메말라가고 있는 실정이다.

그 옛날 한 잔 술에 시를 읊고 가야금 소리를 즐기던 풍류객의 낭만이야 못 좇는다고 하여도, 기계처럼 반복되는 생활 속에 시들어 가는 인생으로만 살 수는 없지 않은가. 하나뿐인 생명이고 한 번뿐인 인생인데, 빛나는 인생으로 사람답게 살아야 이 세상에 태어난 보람이 있을 것이다.

눈에는 정기를, 얼굴에는 화기를, 몸에는 활기를, 마음에는 의기를, 생활에는 윤기를 가질 때 인간다운 인간이라 할 수 있을 것이다.

(1998년 3월)

침묵의 소리

장자(壯者)의 말 중에 "무성(無聲)을 들어라"라고 한 말이 있다. 표현은 간결하지만 의미는 심원하다.

장자는 중국 전국시대의 사상가로서 맹자(孟子)와 거의 비슷한 시대의 인물이다.

그는 사상적으로는 노자의 제자에 속하며, 무위자연(無爲自然)을 그의 생의 근본으로 삼고, 소극주의(消極主義)의 철학을 강조했다. 그리고 그는 부귀영화에는 초연하고 명예와 성공을 뜬 구름처럼 생각하였다.

돈의 노예가 되거나 명예를 탐하는 현대인들은 장자를 읽고 인생의 초탈을 배워 자신의 안심입명(安心立命)을 터득해야 할 것이다. 장자의 청무성(聽無聲)은 없는 소리를 듣는 것이 중요하다.

이 세상의 많은 소리들을 귀 있는 자는 누구나 들을 줄 안다. 그러나 소리 없는 소리를 들으라고 하였으니, 유성(有聲)은 육이(肉耳)로 들고, 무성은 심이(心耳)로 들어야 할 것이다.

마음의 귀, 이성의 귀를 가지고 깊고 심오한 소리를 들으며, 맑은 영혼의 귀로 양심 있는 민중의 소리와 역사의 진리나 우주의 소리를 들어야 한다.

무성을 들을 줄 아는 사람은 현자가 아닌가. 평범한 범인으로서는 깨닫기 어려우니, 소리 없는 소리를 들을 줄 아는 사람은 깊은 경지에 도달한 사람이라 할 수 있다.

인간은 복잡다단한 현대사회에서 본래의 자기를 상실하기 쉽다. 현대인들 중에 자신을 잃어버리고 살아가는 사람이 많은 까닭은 세상의 욕심에 너무나 연연해 있기 때문이다.

그런 사람일수록 양서를 읽으면서 진리의 소리를 들어야 하고, 기도를 하면서 하늘의 소리에 귀를 기울여야 할 것이다. 깊은 명상에 잠기며 조용히 사색을 하고, 역사의 소리를 들어야 한다.

인도의 사상가 간디(Mohandas Karamchand Gandhi, 1869~1948)는 매주 월요일을 침묵의 날로 정하고, 그 날은 아무하고도 얘기를 하지 않았다. 부득이해서 얘기를 해야 할 경우에는 언제나 필담으로 하였다고 한다.

현대에는 너무나 많은 말이 난무하고 있다. 그렇게 많은 말들 중에는 꼭 필요한 말보다 쓸데없는 소리가 더 많다. 진실하지 못하고 거짓된 말들이 수다스럽게 세상을 어지럽히고 있다.

말로써 하는 실수는 돌이킬 수 없으니 차라리 침묵하는 것을 배우는 것이 나을 것이다.

오죽하면 '침묵은 금이다' 라고 말했을까.

지식이나 지혜가 깊고 높은 사람은 말이 적고, 섣불리 아는 체하는 사람이 말이 많은 법이다.

많은 말을 줄여서 함축 있게 하는 말 속에 진리가 있고 생명이 있으니, 마음의 귀를 열어 무성을 듣는 연습을 해야 할 것이다. 오묘한 진리가 깊고 깊은 무성 속에 있으니.

(2001년)

마음의 색깔

　나는 지금까지 살아오면서 마음이 격해지고 갈피를 잡을 수 없어 잠을 못 잘 때가 많았다. 잠 못 이루는 밤이면 여러 생각에 정신이 더욱 맑아져 온갖 생각의 나래를 편다.

　내가 이렇게 격한 마음으로 잠 못들 때, 내 마음은 무슨 색깔일까. 아마도 어둡고 칙칙한 색이 아닐는지.

　우리나라는 사계절이 있어서 날씨의 변화가 잦다. 개었다가는 흐리기도 하고, 눈부신 태양이 내려 쪼이는가 하면 어느새 소낙비가 쏟아지기도 한다.

　봄이나 가을은 일교차가 심해서, 새벽엔 두꺼운 옷을 입어야 하고, 낮에는 얇은 옷이 필요한 날도 있다.

　나는 십여 년 전에 백두산 천문봉에 오른 일이 있는데, 산 아래는 30도를 넘을 정도로 더운데 비해, 산 정상에는 눈발이 휘날리고 강풍이 불어 서 있기도 힘들 정도였다.

그래서 사람이 이랬다 저랬다 하면, 변덕 많은 날씨에 비유하기도 한다.

날씨보다 더 잘 변하는 것이 사람이다. 어제까지 친구였던 관계가 오늘은 적이 되기도 하고, 서로 좋아서 열애에 빠졌던 사람들이 원수가 되어 죽음으로 몰아넣기도 하여, 신문 사회면을 장식하는 것이 인간사이다.

온갖 충성을 다 바치던 사람이 등을 돌리고 멀어져 가며, 감사가 원망으로 바뀌고 미움이 사랑으로 언제 바뀔지 알 수 없는 것이 사람의 감정이다.

다른 사람에 대한 신의나 약속만이 잘 바뀌는 것은 아니다. 스스로에 대한 맹세는 자기 자신만 속이면 되니 더욱 잘 바뀐다.

해가 바뀔 때마다 각오하고 맹세했던 일은 지키기 어렵고, 술을 끊겠다고 맹세했지만 돌아서자마자 취해서 횡설수설한다.

노름 버릇 고친다고 오른손을 잘라내고도 왼손으로 화투를 치는 사람이 있는 것을 보면, 마음먹은 대로 실천하기가 얼마나 힘든 것인지 알 수 있다.

그래서 인간사회는 복잡하고, 어느 것 하나 단순하고 명료하며 소박한 것이 없다.

사람들은 스스로의 마음을 가만히 내버려 두지 못하고, 무엇인가에 대한 원망이 있는가 하면 슬픔이 있고, 절망과 희망이 교차하기도 한다. 우리의 감정을 색깔로 나타낸다면, 우리의 마음은 오만 가지 색깔

로 변할 것이다. 세상에서 가장 다양하고 가장 빠르게 변화하는 색이
될 것이다.

일반적으로 검정색은 죽음이나 악을 뜻하기도 하고, 노랑은 지성
을, 흰색은 순결과 청정을 상징하며, 빨간색은 정열을, 파랑은 이성을
나타낸다고 한다.

그러나 인간의 감정은 미묘하여, 팔레트에서 혼합될 수 있는 색깔
의 범위를 넘어설 것이라는 생각이 든다. 사람의 감정을 색깔로 고스
란히 얼굴에 나타낼 수 있다면, 거리에는 이루 형언할 수 없는 색으로
넘쳐날 것이다.

사람들이 기쁨과 감사로 마음의 색깔을 가득 채울 수만 있다면, 세
상은 지금보다 훨씬 따뜻하고 밝아질 것이다. 기쁨과 감사를 상징하
는 색깔은 무엇일까.

여기 저기 책을 뒤져 보아도 기쁨과 감사를 색깔로 표현해 놓은 것
을 찾아볼 수 없다.

그것이 무슨 색깔이든 그렇게 혼란스런 색깔은 아니라고 본다. 아
마 기쁨과 감사의 색깔은 사람마다 다른 것이 아닐까. 자신이 가장 좋
아하는 색깔로 기쁨과 감사의 칠을 하게 될 것이기 때문이다.

너무 많은 색을 사용한 그림이나 장식은 혼란스럽다. 여러 가지 색
깔이 섞여 있는 옷은 오히려 보기에 거북하고 한두 가지 색으로 옷을
맞추어 입어야 무난하다.

마음도 마찬가지다. 여러 가지 색의 마음을 가진 사람은 정신분열
증 환자로 오해 받을 수 있다. 나는 마음이 단순하고 선명할수록 좋다

고 생각한다.

셰익스피어(William Shakespeare, 1564~1616)가 쓴 희곡의 대사처럼 '날씨에 따라 변할 사람' 이어서는 안 된다. 언제나 한결같은 마음씨의 주인공을 이상으로 삼아야 한다. 한결같다는 그것이 기쁨과 감사의 색깔이라면 더 이상 바랄 것이 없겠다. 그것이야말로 우리 인생에서 바람직한 색깔이 아니겠는가.

그래서 나는 나의 정체성을 찾아서 늘 변함없는 마음을 견지할 수 있고, 가치 없는 일에 이끌리는 일이 없도록 마음이 선명해지고 안정되는 색을 생각해 본다.

(『한국수필』 1999년 5 · 6월호)

생각하기 나름

신라가 삼국 통일을 하기 전의 일이다. 정부를 전복하려는 반란군이 일어나 정부군과 대치하고 있었다. 이기면 충신이요, 지면 역적이라는 말이 있는 것처럼 운명의 갈림길에서 어느 쪽이나 팽팽한 긴장 속에 대립하고 있었다.

그때 고요한 밤하늘을 가르며 유성이 떨어졌다.

"저건 신라가 망할 징조야."

누군가 말을 퍼뜨렸다. 이런 소문이 퍼지자 반란군 진영에서는 사기가 충천했고, 정부군 진영에서는 사기가 땅에 떨어졌다. 정부군의 총사령관이었던 김유신은 이대로 나가다가는 패배밖엔 다른 길이 없다고 판단했다. 뭔가 묘안을 생각해내지 않으면 안 되었다.

김유신은 연에 인형을 매달고 그 인형에 불을 붙인 후 하늘로 날려 올렸다. 멀리서 보면 불덩이가 하늘로 올라가는 모양이었다.

"신라의 국운이 멀리 멀리 뻗칠 것이라는 징조야."

정부군의 진지에서 함성이 터져 나왔다.

상대적으로 반란군의 진지에서는 풀이 꺾였다. 그래서 정부군은 무난히 반란군을 진압하고 통일신라의 초석을 닦게 되었다.

대학 교수가 학생들과 쥐를 대상으로 실험을 하였다. 먼저 쥐를 3개 조로 나누고 학생들도 3개 조로 나누었다.

교수는 1조 쥐들을 천재 쥐라고 말하면서 1조의 학생들에게 주었다. 그리고 2조 학생들에게는 보통의 지능을 가진 쥐라고 하며 2조의 쥐를 주었다. 마지막 3조 학생들에게도 3조 쥐를 나누어 주고는 바보 쥐라고 하였다.

실험은 같은 조건에서 두 달 동안 진행되었다. 실험 결과 천재라고 했던 쥐들은 진짜 천재처럼 우수한 행동을 보였고, 보통이라고 소개한 쥐는 보통의 성과를 올렸다. 바보라고 했던 쥐들 역시 바보짓만 한 것으로 나타났다.

물론 천재 쥐, 보통 쥐, 바보 쥐를 따로 구분해서 나누어 주었던 것은 아니다. 그런데도 결과는 천재 쥐와 바보 쥐가 따로 있는 것처럼 되었다. 학생들의 마음이 쥐들에게도 통했다고 할 수 있는 것이다.

학생들의 마음 속의 기가 쥐에게 통해서 이런 결과가 나온 것일까. 천재 쥐라고 생각한 믿음, 바보 쥐라고 생각한 믿음이 이런 결과를 낳은 것이다.

믿음이란 추상적인 에너지가 아니다. 눈에 보이지 않는 믿음의 에너지가 눈에 보이는 에너지로 변화되어 나타나는 현장을 우리는 도처에서 목격한다.

따지고 보면 삶의 도처에서 마음의 기적을 체험한다. 이 세상의 천지 만물은 결국 보이지 않는 에너지가 작용하여 눈에 보이는 에너지로 변하여 나타난 것이다. 그러니 물질이란 결국 마음의 작용에 달려 있는 것이다.

마음이 이루어낸 기적의 산물이 곧 물질의 세계다. 마음의 주인공인 인간은 마음의 주인답게 물질을 부리고 다루어야 하는데, 과연 물질의 주인 노릇을 제대로 하고 있는지, 행여 물질에 매여 전전긍긍하고 있지는 않는지 모르겠다.

사람은 저마다 자기 삶의 주인이다. 자신의 마음을 어떻게 조절하느냐에 따라, 천재도 되고 바보도 될 수 있는 삶의 주인들이다.

승리도 패배도 스스로 컨트롤할 수 있는 마음의 주인이다. 천재도 바보도, 승리도 패배도 마음먹기에 달려 있으니.

(1997년 11월)

마음

옛 어른들은 얼굴 잘 생긴 것이 몸 잘 생긴 것만 못하고, 몸 잘 생긴 것이 마음(心) 잘 생긴 것만 못하다고 말했다.

"관상불여체상(觀相不如體相)이요, 체상불여심상(體相不如心相)"이다.

상(相)에는 관상과 체상과 심상이 있다.

얼굴이 잘 생긴 것은 좋은 일이다. 호감이 가는 얼굴, 좋은 인상을 주는 얼굴은 인간의 큰 복 중의 하나다. 그러나 잘 생긴 얼굴이라도 몸이 튼튼한 것만은 못하다.

건강을 잃으면 다 잃은 것과 같다는 말은 옳은 말이다.

몸은 그 사람에게 주춧돌과 같은데 주춧돌이 튼튼해야만 견고한 집을 지을 수 있다. 또한 건강의 기초 위에서만 성공도 할 수 있고, 인생을 설계할 수도 있다. 돈도 명예도 몸이 병약하면 아무 소용없으며, 아무것도 이룰 수 없기 때문이다.

그러나 관상이나 체상도 중요하지만 심상(心相)도 매우 중요한 부분이다. 사람의 마음은 그 사람을 지배하는 주인이며 근본이다. 심상은 사람이 실존하는 중심이 되므로 착하고 아름다워야 한다.

이 세상의 모든 일은 마음먹기에 달렸다. 천국도 마음 속에 있고 지옥도 마음 속에 있어서 어떻게 마음을 갖느냐에 따라 선한 사람도 되고 악한 사람도 될 수 있다.

정토(淨土)나 예토(穢土)가 따로 있는 것이 아니고, 모두 사람의 마음 속에 있는 것이다. 평화와 감사와 기쁨 속에 살아가면, 그것이 곧 천국이요 정토가 아니겠는가. 불평과 원망과 분노 속에 살아가면, 그것이 곧 지옥이며 예토가 된다.

이 세상에 마음처럼 중요한 것이 없다. 그래서 부처는 화엄경(華嚴經)에서 일체유심조(一切唯心造)라고 하였다. 세상의 모든 일이 오직 마음가짐 하나에 달려 있다는 것이다.

그리고 또 심외무별법(心外無別法)이라고도 했다. 모든 법이나 진리는 마음에 있는 것, 마음 밖에는 법과 진리가 없다는 말이다. 불교에서의 법은 진리를 의미하는 것이다.

성경에서는 "네가 믿는 대로 되리라"라고 하였다. 성공한다고 믿으면 성공하고 실패한다고 믿으면 실패한다는 것이다. 아는 것이 힘이라고 하지만 믿음도 큰 힘이 되는 것을 보는데, 신념(信念)의 위력(偉力)이 때로는 신앙 안에서 기적을 낳기도 한다.

물질의 힘이 크기는 하나 사람의 정신을 당할 수 없고, 마음이 인생의 중심이며 근원이고 대본(大本)이다. 기쁜 마음으로 일하면 즐겁고 기쁘며, 괴로운 마음으로 일하면 하루가 지겹고 힘들다. 그래서 인생에서 가장 중요한 것은 사람의 마음과 정신의 상태이다.

인간의 마음 중에 바람직한 것은 아름다운 마음과 굳세고 곧은 마음, 그리고 너그러운 마음과 기쁜 마음, 밝은 마음, 겸허한 마음, 유쾌한 마음, 활달한 마음, 평화스러운 마음이 있다. 이것을 마음의 공부 즉 심학(心學)이라고 일컫고, 정신 관리라고도 칭한다.

이것은 인생의 근본 중의 근본이 되는 공부가 아닌가. 그래서 마음을 빛나게 닦아야 하고, 훈훈한 향기가 풍기며 윤기(潤氣)가 흐르도록 덕을 쌓는 것이 심상을 아름답게 가꾸는 일이 될 것이다.

(1999년)

오해

　인생살이에서 전혀 오해가 없으면 참 재미없고 무미건조할 것이다. 인류의 역사 자체가 오해로 시작해서 오해로 끝났다고 해도 과언이 아니다. 오해로 인해 영웅이 아닌 사람이 영웅도 되고, 의인 아닌 사람이 의인이 되고, 죄인 아닌 사람이 죄인이 되기도 한다.

　역사를 공부하다 보면 오해에 의해서 일어난 사건들을 많이 보게 된다. 인간은 두 개의 눈을 가졌으면서도 앞면과 뒷면을 동시에 보는 능력은 없다. 오해가 빚어지는 것은 그 때문일까. 헤어지느니 차라리 죽음을 택하겠다고 할 정도로 열렬하게 사랑하던 연인이나 부부도 사소한 오해 때문에 원수처럼 싸우다가 헤어지는 경우도 있다.

　내 친구 중 한 사람도 오해로 인해 이혼할 뻔한 일이 있다. 친구는 일 관계로 거래처 비서실 여직원과 호텔 식당에서 식사하였는데, 마침 그곳에 부인의 친구가 와 있었다.

그리고 며칠 후 거래처 사장 심부름으로 나온 여직원을 다시 그 호텔에서 만나게 되었는데 공교롭게도 부인의 친구가 그날도 그곳에 와 있었던 것이다.

소문은 과장되어 일파만파로 퍼져 나갔고, 결국은 부인의 귀에도 들어갔다. 그 이후의 일이야 불을 보듯 뻔한 것 아닌가.

친구의 부인은 남편의 말을 믿어주지 않았다. 때로는 진실보다 오해의 힘이 강할 때도 있다. 그 부부는 파경 직전까지 갔다가 겨우 진정되었으나 오해가 밝혀진 것이 아니고 친구가 무조건 잘못했다고 하여서 해결되었다. 오해가 진실이 되고 만 것이다.

역사의 인물 중 오해라면 빼놓을 수 없는 사람이 갈릴레이 갈릴레오다. 1564년 이탈리아 피사에서 태어난 그는 천문학, 물리학, 철학의 대가였다. 특히 천문학에 심취해 있던 그는 1609년에 네덜란드에서 발명한 망원경을 개량하여 천체 관측에 사용했다.

그 결과 목성과 그 주변을 도는 위성을 비롯하여 여러 별들을 발견한 갈릴레오는 내심 믿어 오던 지동설을 확신하게 된다. 그러나 1616년 교황청은 이 학설이 비성경적이며 하나님에 대한 모독이라고 규정하고 갈릴레오에게 침묵하도록 명령하였다.

그러나 그는 자신의 확신을 포기할 수 없어 감시를 받으면서도《천문학 대화》라는 책을 썼다. 이로 인하여 그는 교황청의 종교재판에 회부되고 남은 생애를 자택에 연금된 채 고독 속에 살아야 했다.

갈릴레오가 죽은 후에는 장례식도 치르지 못하게 하고, 묘비도 세울 수 없었다. 그의 저서는 판매를 금지당하고 교회에서도 제명당했다.

　1992년에서야 그의 명예가 회복되어 로마 교황청의 교회명부에 이름이 올랐다. 과학적 무지와 오해가 천재 천문학자 갈릴레오를 376년 간이나 역사의 시간 속에 감금해 둔 것이다.

　매를 꿩으로 보면 피해를 당하고 과일나무 밑에서 갓끈을 고쳐 쓰면 도둑 누명을 쓰기 쉽다는 옛말이 있다.

　세상을 살아가노라면 본의 아니게 오해 받을 일도, 오해할 일도 있을 수 있다. 조금만 깊이 생각해 보고 한 번만 다른 각도에서 관찰하고, 그리고 상대방의 말을 제대로 들어주면 오해는 없을 것이다. 다른 사람의 뜻이나 말과 행동을 객관적 입장에서 평정심을 잃지 않고 판단해야 할 것이다. 사소한 오해가 돌이킬 수 없는 비극을 만들 수도 있다.

(1997년 11월)

5부

역사관

산의 자세

나는 산을 좋아한다.

하늘을 찌를 듯 우뚝우뚝 솟은 산도 좋고, 펑퍼짐하게 낮은 산도 좋다.

봄의 산은 이제 막 새 생명이 잉태된 듯 신선해서 좋고, 여름 산은 절정의 젊음을 자랑해서 좋다.

형형색색으로 얼굴을 붉게 물들이고 있는 가을 산은 그 완숙함을 내비치어 좋고, 겨울 산은 그 고요함과 쓸쓸함으로 사색할 수 있는 공간을 주어 좋다.

나는 북한산엘 자주 오르는 편이다.

오를 때마다 느끼는 감정은 언제나 다르게 다가오는데, 때로는 시적 감성에 젖어 나도 모르게 시어들을 풀어 놓는다.

북한산

천년을 수도해도 풀지 않는 결가부좌
바람은 텅빈 가슴 속을 휘돌아
발 밑에 쌓인 사연들 허공을 난다.

찢어진 가슴 비집고 선 잔솔들
몸이 비틀린 채 자랄 줄 모르고
늙은 나무들 앙상한 손 가린 아랫도리
골은 세월의 깊이만큼 가라앉는다.

언제나 의연한 너를 보면
무겁게 닫혔던 마음 문이 열린다.
흰 구름 대(臺)에 오르면 하늘이 안긴다.

이끼 낀 성벽에서 발을 구르면
석벽 틈 끼어 있던 백제의 함성이 날은다.
화살 날리던 성가퀴 뒤에 서서
나는 세상을 향해 살 없는 시위를 당긴다.

산은 언제라도 몸을 묻을 수 있으며, 어떠한 비관을 품을 사람일지
라도 따뜻하게 쓰다듬고 보듬어 준다. 산은 다채로움과 그윽한 정적

으로 찾는 이를 언제나 다정하게 맞아준다. 수많은 산이 있지만 거기에는 표준치라는 게 없다.

잘 생긴 산 못 생긴 산이 있을 수 있지만, 그것은 어디까지나 인간의 관점에서일 뿐이다.

백두산은 우리나라에서 가장 높은 산일 뿐이고, 북한산은 서울 북쪽에 있는 산일 뿐이다.

내 고향 마을의 뒷산은 단숨에 오르내릴 수 있는 낮은 산이지만, 높고 높은 태산준령에 기가 죽어 있는 것을 본 적이 없다.

산은 저희들끼리 서로 키 재기를 하지 않는다. 키 재기를 일삼아 하는 인간들과는 다르다.

사원에게는 과장이 더 높은 사람이고, 과장에게는 부장이 더 높은 사람이라는 인식은 인간들에게 정해진 규칙이다. 이러한 직급은 사실 인격적으로 더 높다는 개념이라기보다, 그 일에 오래 종사한 선배로서 책임도 크고 일의 중요성의 의해 급료가 더 많다는 것뿐이다.

선배로서 존경하고 일을 배우고 지시를 받아야 하는 것이 사실이지만, 인격적인 우열과는 상관이 없다.

자기 위치에서 자기 책임을 성실히 다하는 사람이라면, 어떠한 조직에서든 좋은 평가를 받는 것이 당연하다. 직급이 더 높은 사람에게 인격의 면에서까지 굽히고 들어가야만 인정을 받는 풍토라면 아무래도 선진사회와는 거리가 멀다고 할 것이다.

나는 지금껏 상당한 지위에 있는 사람들을 만나고 사귀어 왔다. 그동안 이런저런 일로 여러 분야의 전문가들과 만나 알게 된 사람들이 많다. 그들과 만나 교류하면서 누구나 자신의 존재 가치에, 자신감과 우월감을 갖고 있는 인상을 받았다. 그것은 어떤 의미에서는 상대적인 우월감이었고 자신감이었다.

자신은 남보다 더 많은 공부를 하였다고 생각하는 사람, 남보다 재산이 많다고 생각하는 사람, 재능이 더 있고 더 똑똑하다는 우월감이 배여 있는 사람들을 보았다.

그들은 자신들이 그런 우월감을 갖는 것을 당연하다고 생각한다. 그들은 사회적 통념으로 볼 때, 어떤 면으로든 우월한 위치에 있었기 때문이다. 부끄러운 일이지만 나도 한때는 그런 속물적 근성을 가진 부류에 속해 있었다.

그러던 어느 날 내가 근무하는 회사의 경비실에 근무하는 60대 중반의 노인을 만나게 되었다. 나는 늘 그 노인의 근무하는 태도와 성실성을 눈여겨보아 오던 터였다.

나중에 안 일이지만 그 노인은 지난날엔 정부의 고급 관리였다고 하는데 정년퇴임을 하고 소일거리를 찾던 중 이 회사의 경비실에 출근하게 되었다고 한다.

우연한 기회에 대화를 할 기회가 있었는데, 그는 인간의 삶은 내가 표준이지 남이 표준이 되어서는 늘 불안한 생활이 된다는 말을 하였다. 남보다 못하다고 우울해 하며 똑같아지려고 하고, 예쁘게 보이려고 바르고 칠하는 사람들, 그런 사람들은 매사에 남과 비교하며 산다. 무엇이든 남과 비교해서 더 좋은 것, 비싼 것, 큰 것으로 자신을 치장하려 하고, 심지어는 자식들의 진학 문제도 비교 우위에 서기 위해 더 좋은 대학으로 몰아세운다.

다른 사람과 비교에 의해서 자신을 채찍질하면 끝없는 경쟁으로 몸과 마음만 상할 따름이다. 나만 상하는 게 아니고 내 가족과 내 이웃, 나아가서는 국가 전체를 병들게 한다.

높은 산 낮은 산이 서로 키 재기를 하지 않고 묵묵히 서 있는 것처럼 우리도 저마다의 기준을 스스로의 가슴 안에 장만할 일이다. 나만의 가치, 나만의 아름다움, 나만의 몫을 마련할 일이다.

제 직분을 다하는 삶, 뚜렷한 주관으로 자신의 처소에서 자기 할 일을 다 하는 사람, 그런 삶이 아름다운 삶이 아닐까. 다른 사람 눈치 보지 않고 제 의지대로 살아간다는 것은 얼마나 값진 일인가. 제 기준은 언제나 제 자신이기 때문이다.

(『한국수필』 1998년 1 · 2월호, 등단작품)

역사관

나는 가끔 역사의 엄숙함 앞에서 숙연한 마음이 되곤 한다. 시대는 언제나 새롭게 펼쳐지고 매순간마다 새 시대의 서막(序幕) 앞에서, 역사의 어려운 격동기를 헤쳐 나가야 함을 절실히 느끼게 된다.

역사를 보는 눈을 사안(史眼) 또는 사관(史觀)이라고 한다. 올바른 역사의식을 가져야만 올바른 역사 창조의 행동 주체가 될 수 있으니, 어느 시대나 그 시대가 해결해야 할 막중한 책임이 있게 마련이다.

역사의 도전과 응전의 긴장된 역학(力學) 위에 왕성한 활동력과 진실한 국민성을 갖는 민족은, 슬기롭게 역사의 책임을 다할 수 있을 것이다. 그러나 무기력하고 단결력이 부족한 국민은 낙오되고 패배하고 만다.

우리나라는 일제의 침략을 막아내지 못했기 때문에 치욕스러운 식민지로 전락했었다. 독립을 하기는 했으나 주변국가의 이해관계에 얽힌 채 해방을 맞게 된 국토는 남북 분단의 비극을 겪어야 했고 민족 통일이라는 어려운 과제를 새로이 떠안게 되었다. 세계적 불황 속에서 경제적 어려움은 극복해야 하고, 남북통일도 이루어야 하는 것이 이 시대를 살아가는 우리가 써나갈 새로운 역사이다.

시대의 역경이 아무리 지난(至難)하여도 역사에서 도피할 수 없으며, 그 난제를 해결해야 하는 것이 우리가 짊어진 책무이다. 역사는 위대한 교훈(敎訓)을 후세인들에게 남겨 주고 때로는 역사 속에서 엄숙한 심판(審判)을 본다. 그런 교훈과 심판의 토대 위에 후세인들도 새로운 역사를 창조하게 될 것이다.

역사의 위대한 교훈을 생각해 보면 민족의 흥망성쇠의 기록이며 국가의 치란(治亂)과 영고(榮枯)의 무대인 것을 알 수 있다. 한 나라가 흥하거나 망할 때에는 그럴 만한 요인이 있게 마련이다.

거대한 역사에 결코 우연이란 있을 수 없으니, 역사는 인류가 지나온 발자취를 비추어 볼 수 있는 큰 거울이라 할 수 있다. 역사 속에는 자유의 나팔소리가 들리고 전쟁의 총소리가 요란하여, 혁명의 피와 진보의 함성, 그리고 평등과 평화의 노랫소리가 들린다.

역사는 인간이 펼쳐내는 거대한 드라마라고 할 수 있다. 사마천(司馬遷)의 '사기(史記)'나 사마광의 '자치통감(資治通鑑)', 그리고 '로마의 쇠망사(衰亡史)'와 토인비의 '역사의 연구'를 읽다 보면 지혜와 슬기로운 교훈을 얻게 된다. 인정(仁政)의 결과와 학정의 말로를 보게 되고, 흥국(興國)이나 망국(亡國)의 요인을 알게 된다.

덕(德)으로 나라를 다스린 군주와 힘으로 다스린 패도주의(覇道主義)

가 어떻게 다른 모습을 보여주는지도 알 수 있다. 역사는 통치자나 민중에게 다 같이 교과서가 되고 길잡이가 된다. 역사에서 교훈을 얻지 못하면 지난 과오를 되풀이하게 될 것이다.

"득중즉득국(得衆則得國)이요 실중즉실국(失衆則失國)이라"했으니, 민심을 얻으면 나라를 얻을 수 있고 민심을 잃으면 나라를 잃어버린다는 것이다. 역사에서 좋은 기회는 결코 자주 오지 않는다. 백 년이나 천 년에 한 번 찾아오는 천재일우(千載一遇)의 기회도 없지 않다. 그래서 역사적인 황금기를 놓치지 말아야 하는 것은 흘러가는 역사는 시간을 기다려 주지 않기 때문이다.

과거에 우리는 역사의 호기(好機)를 많이 놓쳤었다. 외세를 막을 기회, 민족의 힘만으로 자주독립할 기회, 통일의 기회와 민주화의 기회를 놓쳐 버렸다. 그러므로 이제는 반성하는 자세로 냉철한 역사적 지성(知性)을 가져야 할 것이다.

역사의 엄숙한 심판(審判)을 보며 법정을 생각해 본다. 인간이 죄를 짓게 되면 제일 먼저 양심의 내면적 법정 앞에서 심판을 받는다. 양심은 준엄한 원고가 되어 우리의 죄를 고발하고, 질책(叱責)하고 심판한다. 그 다음에는 사회의 법정에 서게 되는데 재판소에서 엄정한 심판을 받는다. 그리고는 역사의 법정이 기다리고 있다.

독일의 시인 실러(Friedrich von Schiller, 1759~1805)와 철학자 헤겔(Georg Wilhelm Friedrich Hegel, 1770~1831)은 세계사(世界史)는 세계의 심판이라고 강조하였다. 역사는 세계의 국가와 민족을 심판하는데, 세계사는 바로 세계의 법정이 되는 것이다. 군국주의 독일과 일본과 이

탈리아는 역사의 심판을 받고 패망했다. 그러나 정의가 폭력 앞에 무너지는 수도 있고, 선이 악에 밀리는 때도 있었다. 자유가 압제에 의해 쓰러지고 진리가 허위 앞에 쓰러지는 일도 있었으며, 광명이 암흑에 가려지는 수도 있었다.

그렇게 불의가 의로움보다 승하는 것 같아도, 결국은 준엄한 심판이 이루어진 것을 역사를 통해서 알 수 있다. 역사는 법과 정의의 법칙이 지배하는 의(義)의 법정이다. 역사의 전진은 느리지만 반드시 올바른 방향을 향해서 전진한다.

역사는 길고도 먼 안목으로 보아야 한다. 강물이 발원하여 흘러온 곳은 여러 갈래이지만, 결국은 바다로 향하듯이 역사의 귀결점은 현대에 이르게 마련이다. 많은 우여곡절을 겪고 진보와 반동이 대결하고, 광명과 암흑이 서로 쟁투하면서 서서히 전진해 온 것이 역사의 기록이다. 평탄하지도 않고 직선적이지도 않으며, 수억만 년을 흘러온 역사는 공의(公義)로운 법정 앞에서, 현세의 심판을 받게 되는 것이다.

예언자는 미래를 예측하고 시인은 희망을 얘기하고, 사상가는 철학을 통해서 과거와 미래와 현실을 간파하지만, 민중은 겸허한 마음으로 역사를 반면교사로 삼아야 할 것이다.

천지 창조는 신의 역할이었으나 역사의 창조는 인간의 역할이다. 인간은 역사 창조의 행동적 주체로 자유로운 사상의 결단과 신념을 가지고, 용기 있게 책임을 다하여 다음 세대를 위한 준비를 해야 한다.

앞으로 다가올 미래는 아무것도 결정된 것이 없는 빈 공간과 같기 때문에, 결정론(決定論)이나 필연론(必然論)은 있을 수 없다. 그러므로 이 시대를 살아가는 모든 사람들은 역사의 방관자가 아니고 참여의 주인이어야 한다. 공허한 말이나 이론이 아니라, 능동적인 역사의 주인이 되어야만 하는 것이다.

어느 나라도 영원히 강한 나라가 없고, 영원히 약한 나라도 없다. 영원한 강국이라고 자부하던 로마는 망하고, 이천년 가까이 나라 없이 떠돌던 이스라엘은 독립하여 번영하는 나라가 되었다. 그런 것을 보면 힘이 없는 국민은 역사의 제물로 전락하고 마는 것을 알게 된다. 국민의 다원적인 힘이 그 나라의 역사를 만들어 나간다. 유물론자의 주장처럼 경제적 생산력이 역사의 결정요인이 되는 것이 아니어서, 역사의 일원론(一元論)은 있을 수 없는 일이다. 한 나라의 국민은 제 힘과 뜻으로 그 나라의 역사와 운명을 짊어져야 하며, 민족적 자신감을 가지고 승리의 역사를 창조해야 한다.

나는 한 나라의 흥망성쇠를 결정하는 중요한 요인 중의 하나가 국민성이라고 생각한다. 그 나라의 역사는 국민성의 표현이라 할 수 있고, 그것의 반영이라고 할 수 있다.

사람의 성격은 그 사람의 운명을 좌우하기도 하는데, 국민성이 나라의 역사와 운명을 결정한다고 볼 수 있다. 그래서 투철한 역사의식을 가지고, 후손들에게 자랑스러운 유산으로 물려줄 수 있는 빛나는 역사를 만들어 가야 할 것이다.

(『수필춘추』 2000년 여름호)

조국을 사랑하는 길

그저 발가벗은 땅덩어리! 내 나라라 생각되지만

내 나라! 그 맛을

아직 모른다.

조국은 드높은 결합

나이 차야 알겠네

나이 차야 알게 되네

조국이란 긴 형성과 쟁투

큰 눈물

나이 차야 알겠네

어느 시인의 〈조국〉이라는 시이다.

젊을 때는 조국이 그저 발가벗은 땅덩어리로만 생각되던 것이, 나이 들어서야 조국의 맛을 알게 되더라는 절실한 노래이다.

나는 조국이 있음을 자랑한다. 나의 조국이 대한민국임을 또한 다행하게 생각한다.

어버이 없는 자식처럼 나라 없는 백성은 고아나 다름없다. 아무리 가난하고 초라한 살림살이를 하는 부모라도, 부모를 가진 자식은 외롭지 않은 것처럼, 비록 작고 빈곤한 나라일지라도 자기 나라를 가진 겨레는 사는 보람이 있을 것이다.

인도의 시인 타고르(Rābindranāth Tagore, 1861~1941)는 한국을 두고 '동방의 등불'이라고 하였다. 나라가 일제의 강점으로 숨도 제대로 쉴 수 없던 시기에 한 말이다.

조국은 국민에게는 생명과도 같은 존재다. 금수강산이라 불리던 이 땅은 전쟁으로 황폐해지고, 지금 북쪽에서는 한 겨레 한 민족인 북한 동포가 굶주리고 있다. 지금 나의 조국은 허리가 잘린 반신불수가 되었다.

요사이 남북통일이 되면 한국이 못 살게 될 것이라고 말하는 어리석은 자들도 있지만, 4,50년 전으로 돌아가 무명옷에 꽁보리밥을 먹는다 하여도 조국은 통일이 되어야 한다.

통일은 이 시대를 살고 있는 우리의 사명이자 조국의 지상명령이다. 통일을 이루지 못하고는 조국을 사랑한다고 말하지 마라. 그것은 마치 걸인에게 몇 푼 쥐어주고 선심을 썼다고 자랑하는 거나 마찬가지이다.

나를 사랑하고, 내 이웃을 사랑하고, 우리가 사는 터전을 사랑하는 것이 조국을 사랑하는 길이라고 나는 생각한다.

우리의 터전이며 우리가 언제까지라도 지켜 나가야 할 살림터. 괴롭거나 즐거워도, 좋아도 나빠도, 이 터전을 떠나서는 우리는 살 수 없다.

조국은 쉬지 않는 발걸음이며, 잠들지 않는 눈동자인지 모른다. 조국은 측량할 수 없이 폭넓은 이해를 가지고 너그럽게 용서하며 한없는 인내로 기다리는 것이다.

그래서 조국은 더 없이 숭고한 것이다.

(2003년)

청백리

옛날의 청백리(淸白吏)는 벼슬아치의 귀감으로서 온 백성의 칭찬과 존경의 대상이었다. 청백리 정신은 국가의 녹을 먹는 사람이라면, 현대 사회에서도 갖추어야 할 덕목이다.

나는 바람직한 청백리상은, 첫째로 청(淸)의 정신이 있어야 한다고 생각한다.

청렴은 성품이 고결하고 탐욕이 없으며, 마음이 맑고 행동이 깨끗한 것이다. 국사와 공무에 종사하는 사람은 공명정대해야 하고, 정신이 청천백일(靑天白日)과 같아야 한다. 그래야만 국민의 두터운 신임을 얻을 수 있고, 깊은 존경을 받을 수 있다.

정치의 요체는 공정에 있다.

공무원이 공정한 입장에 설 때에 국민들은 안심하고 기뻐한다. 공정하려면 먼저 마음이 맑고 탐심이 없어야 한다. 사리사욕에 눈이 멀게 되면, 공정하게 일을 처리할 수가 없다.

공무원은 모름지기 청렴하고 근면하며 신중해야 한다. 나라 일을 하는 사람이라면 당연히 가져야 할 마음가짐이고 행동 자세이다. 그러나 높은 자리에 있는 사람일수록 더 부패하기 쉬워 공정하게 일을 하지 못한다.

요즘은 신문이나 뉴스 보기가 겁이 난다. 고위 공직자들의 부정한 일들이 연일 보도되기 때문이다. 고부군수 조병갑은 백성들에게 가렴주구만 일삼는 탐관오리여서 백성들의 원성을 샀다. 그 일로 하여 동학농민혁명이 일어나게 된 계기가 되기도 하였다.

깨끗한 정치를 하여 깨끗한 나라와 깨끗한 사회를 이룩하기 위해서는 욕심이 없어야 한다. 정토는 종교인만의 염원이 아니며, 현실 정치의 이상이요, 목표인 것이다.

정결한 바람이 부는 사회, 이것이 우리가 바라고 갈구하는 사회 풍토다. 공무원은 청백리 정신으로 이러한 사회건설에 솔선수범하는 선도자가 되어야 한다.

청백리는 부단히 심전경작(心田耕作)을 해야 하고 인격 연마에 힘써야 한다. 흐르지 않는 물은 썩기 쉽다. 우리의 마음도 정성껏 갈고 닦고 다듬지 않으면 속물로 타락하기 쉽다. 나의 인격을 갈고 닦는 것을 수기(修己)라고 한다. 수기하는 사람만이 남을 다스리는 치인(治人)이 될 수 있으며, 수기하는 것이 청백리가 되는 길이다.

둘째는 성(誠)의 정신이다.

청백리는 사람에 대해서는 성실해야 하고 자기 일에 대해서는 헌신해야 한다. 공무원은 공(公)의 일, 나라 일에 힘쓰는 무(務)자라는 뜻이다. 나랏일은 신성한 것이니, 일을 신성한 마음으로 해야 한다. 공무원을 공복이라 하고, 공복의 복(僕)은 종이란 뜻이다.

국민을 나라의 주인으로 생각하는 공무원이라면, 주인의 심부름을 하는 역할을 충실하게 해야 할 것이다. 공복이라는 말에는 이렇듯 겸허한 마음과 봉사의 정신이 깊이 배어 있다.

청백리는 천직사상과 사명감을 가지고 자기 직책에 헌신적으로 임해야 한다. 청백리는 국민의 겸허한 봉사자가 되어야 하며, 나라의 정성스러운 일꾼이 되어야 한다. 자기 직분에 대해서 애정과 긍지와 충성심을 가지고 열심히 일하는 공복이 되어야 한다.

그렇게 될 때에 국민에게 많은 신뢰와 존경을 받을 수 있다. 열의와 성실과 창의를 가지고 나랏일에 정성을 쏟을 때 국민들은 공무원을 믿고 따르고 우러러보게 되지 않겠는가.

셋째는 용(勇)의 정신이다. 청백리는 용기의 덕을 지녀야 한다. 진취적 정신과 적극적 태도를 가지고, 용감하게 일하고 개척하고 건설해야 한다. 눈에는 정기가 빛나고, 얼굴에는 생기가 약동하고, 몸에는 활기가 넘쳐야 한다. 무기력하고 소극적이며 복지부동하는 사람들은 현대의 청백리가 아니다.

살기 위해서 사람들은 일을 한다. 열심히 활동하는 것은 살아 있음의 증거라 할 수 있다. 위대한 인물은 그럴 만한 일을 한 사람이다. 위대한 민족은 위대한 활동을 한 민족이다. 역사의 인물 중에 조선조에 큰 치적을 남긴 정승 맹사성(孟思誠, 1360~1438)의 청백리상은 지금까지도 우리 민족의 귀감이 되고 있다.

어느 시대나 그 시대가 해결해야 할 역사의 숙제가 있다. 우리는 지금 역사의 많은 난제를 안고 있다. 나라의 완전히 무너진 경제를 다시 일으켜 세우고 기강을 확립해야 한다.

민족의 정기를 바로잡고 사회의 정의질서를 재정립하는 일은 우리가 시급히 해야 할 역사의 중요한 과제 중의 하나다. 이 과제를 푸는 데 적극적 역할을 수행할 사람이 다름 아닌 공무원이다.

올바른 이도정신을 확립하는 일처럼 중요한 일이 더 있겠는가. 청과 성과 용의 삼덕을 구비한 현대인의 청백리가 많이 배출될 때, 우리 사회는 반드시 맑은 사회가 되고 밝은 풍토가 될 것이다.

(2000년)

천직

강철왕이라는 별칭으로 더 잘 알려진 카네기(Andrew Carnegie, 1835~1919)는 성공의 모델 케이스로 손꼽히는 인물이다.

어느 날 공장을 순시하던 카네기는 밝은 모습으로 열심히 일하는 공원을 보았다. 공원의 작업 광경을 말없이 지켜보고 있자니 저절로 마음이 흡족해졌다.

그리고는 자신이 맡은 일을 열심히 즐거운 마음으로 하는 사람이 있으니 회사가 잘 될 수밖에 없다는 생각을 하며 그 공원을 자기 사무실로 불렀다.

"자네가 일하는 모습을 지켜보았지. 어때 자네를 공장장으로 승진시키고 싶은데."

파격적인 카네기의 제안에 공원은 한동안 어리둥절해 있다가, 한참 후에 제정신을 차리고 말했다.

"과분한 말씀이십니다. 저는 그저 쇳물로 철판을 뽑아내는 단순 노동자로나 어울리지요. 바로 그 부분에서 만큼은 제가 우리 공장에서 최고일 거라고 자부합니다. 말하자면 그 분야에서는 제가 대통령이지요. 그러나 공장 전체를 관리할 능력은 제게 없습니다."

생각할수록 일리가 있는 말이었다. 카네기는 흐뭇한 마음에 그의 손을 덥석 움켜쥐었다.

"좋아. 난 자넬 대통령으로 인정함세. 자네가 한 분야의 대통령이니, 나는 황제가 되는 셈이군. 난 오늘부터 자네에게 대통령의 예우를 하겠네. 물론 자네는 나를 황제로 예우해야 하는 거지."

카네기는 껄껄 웃었다. 카네기는 그 공원에게 공장에서 최고의 임금을 지불하며 예우하였다.

한 토막의 장난기 있는 에피소드에 불과한 것 같지만 그 공원의 철저한 직업의식에 저절로 머리가 숙여지지 않을 수 없다.

영어로 콜(call)이라는 말은 우리 사회에서도 흔히 사용된다. 호텔에서 아침에 전화로 잠을 깨워 주는 것을 '모닝 콜' 이라고 하고, 부르는 대로 달려오는 택시를 콜택시라고 한다. 콜이라는 단어는 '부르다' '불러오다' '호출하다' 라는 뜻인데, 이것이 명사형으로 '콜링(calling)' 이 되면 직업이라는 뜻이 된다.

'부름' 이라는 '부르다' 의 명사형이 어떻게 하여 직업이라는 뜻이 될 수 있을까. 어떤 사람이 자동차 수리공으로 취직하였다면 누군가가 그를 자동차 수리공으로 불렀을 것이고, 그리하여 자동차 수리공으로 불리게 된다.

누가 그를 불렀을까. 그를 부른 것이 현실적으로 직장의 고용주이지만, 더 큰 관점에서 볼 때는 그렇지 않다. 그 자신의 의사뿐만 아니라 가정적인 배경, 사회적인 분위기 등이 그를 자동차 수리공이 되도록 유도하였을지 모른다.

그러기에 '콜링'은 단순한 직업의 의미만은 아니라 '하늘이 내려준 직업'이라는 천직(天職)의 의미도 포함된다. 하나님이 내려주신 직업이라는 천직사상은 소명의식을 갖게 하고, 사회의 안정과 번영에도 영향을 미치게 된다.

천직의식이 결여된 사회는 불안정할 수밖에 없는데, 생계를 위한 방편으로만 직업을 생각하면 언젠가는 다른 일자리를 찾아 떠나려고 할 것이기 때문이다.

이 사회는 아직 전공을 살려 일할 만큼 준비되어 있지 않다. 인문계 출신이 공사현장에서 땀을 흘리는 경우도 있고, 이공계 출신이 비즈니스에 몰두하기도 한다. 그러한 실정이기에 천직사상은 더욱 더 설 자리를 찾아야 할 당위성이 있다.

전공 분야에서 직업을 찾지 못하는 것도 문제이지만, 전공을 결정하기까지의 과정은 더욱 중요할 것이다.

그러나 더욱 제자리를 찾아야 할 것은 직업의 귀천에 대한 편견이다. 남들은 힘들고 지저분한 일을 해도 괜찮고, 자신은 편하고 좋은 일만 하겠다고 한다면 천직사상은 사라지고 말 것이다.

누구나 자기에게 주어진 천직이 있을 터인데, 모두 육체노동이나 생산직을 싫어하게 되면 거리는 사흘이 못가서 온통 쓰레기장이 되고 말 것이다.

　화이트 칼라에 속하는 일부분의 사람들이 편하게 살아갈 수 있는 것은 한 편에서 지저분한 일에 종사하는 사람들이 있기 때문이다. 모두가 사무직을 원하고 대접 받기를 원한다면 이 사회는 하루아침에 마비되고 만다.

　농부가 없으면 식량을 구할 수 없고, 공장이 없으면 생필품을 구할 수 없다. 편하고 깨끗한 직업만을 선호하는 사람들은 미화원 없는 세상에서 한 번 살아 보아야 한다.

　어느 날 링컨(Abraham Lincoln, 1809~1865) 대통령은 복도에서 손수 구두를 닦고 있었다. 이것을 본 비서가 품위가 떨어진다며 만류하자 링컨은 신을 닦는 것이 왜 부끄러운 일이냐고 하며, 대통령이나 구두닦이나 자기 일은 자기가 하는 것이 당연하고 세상에 천한 직업이란 없다고 하였다.

　그것은 참으로 옳은 말이다. 천한 직업, 귀한 직업이 따로 있다고 생각하는 사람이 천한 사람일 뿐이다.

　미국에는 3만여 종에 달하는 직업이 있다는데, 심지어는 수염닦이라는 직업도 있다고 한다.

　지하철의 광고 포스터의 여자 얼굴에, 짓궂게 수염을 그려 놓는 장난꾼들 때문에 생겨난 직업이란다.

　매일 여덟 시간씩 침대 위에서 맨발로 뛰는 직업은 침대의 쿠션 정도를 검사하는 직업이고, 강 언덕에 솜뭉치를 놓고 그 안에 푹 파묻혀 낮잠만 자는 직업이 있는데 그 도시가 편안한 도시임을 알리고 선전하기 위한 직업이라고 한다.

접시의 강도를 테스트하기 위해 온종일 접시만 깨트리는 직업도 있고, 개밥 만드는 직업도 있다.

어쨌든 이런 갖가지 직업이 있어서 지구는 오늘도 돌아가고 있는 것이 아닌가 생각한다.

그리고 상대적으로 편한 직업을 가졌다면, 궂은일에 종사하는 이들에게 감사해야 할 것이다.

어떤 직업을 가졌든 모든 사람들은 소명의식을 가지는 것이 자기 일을 귀하게 여기는 것이다.

그리고 그 일에 정진해서 사회에 이바지하는 것이, 결과적으로는 자신이 살아가는 보람이 되고 목적이 되어 천직으로 삼을 수 있을 것이다.

(2000년)

생의 의미

사람은 하나밖에 없는 목숨을 가지고 오직 한 번뿐인 인생을 산다. 생명은 유일성이고 생애는 일회성이다. 생명을 둘 가진 사람은 이 세상에 아무도 없다. 그래서 우리의 생명은 한없이 존엄하고 한없이 고귀하고 한없이 소중하다.

만일 우리가 책이나 신발처럼 여러 개의 생명을 갖고 여러 번의 인생을 산다면, 우리의 생명은 그렇게 존귀하지도 않을 것이요, 우리의 생애는 별로 소중하지도 않을 것이다. 어떤 것이 소중하다 한들, 인간의 생명처럼 소중한 것은 없다.

이 소중한 생명을 어떻게 지켜야 하며, 이 존귀한 생애를 어떻게 살아야 할지가 사람에게 주어진 난제이다. 그래서 먼저 인생을 사는 지혜를 배워야 하며, 또다시 있을 수 없는 생애를 값있게 살기 위해 노력해야 할 것이다.

생명 경외의 철학과 생명 존엄의 사상을 피력한 슈바이처(Albert Schweitzer, 1875~1965)의 말은 결코 우연한 것이 아니다. 어떻게 살아야 하느냐 하는 것은, 모든 사람의 마음 속에 있는 가장 중요한 물음이며 철학적 과제이다.

어떻게 살아야만 보람 있는 인생을 살 수 있을까, 어떻게 하면 의미 있는 인생, 행복한 인생을 살 수 있을까. 인간은 늘 숙제처럼 그 문제를 안고 살아가고 있다.

삶의 의미는 무엇일까. 나는 산다는 것은 배우는 것의 연속이라고 생각한다. 그리고 사랑하는 것과 일하는 것이라고 생각한다. 배움과 사랑과 일, 이것이 인생에서 가장 중요한 초석이 될 수 있으며, 이것의 기초 위에 설계된 인생은 행복하고 보람이 있다.

생명은 아름답고 자유는 고귀하다. 사람은 어머니 뱃속에 잉태된 순간부터 생명을 부여 받고 살아가고 있다. 그리고 태어나 인간으로 사는 동안 존귀한 존재로 자유를 누릴 권리가 있다. 자유가 없는 삶은 노예와 같으며, 자유는 공기와 같은 것이다.

생명과 자유 다음에 소중한 것은 교육이다. 동물은 자연의 본능과 충동대로 살아가지만 인간은 지성과 양심이 있어 해야 할 일과 해서는 안 될 일을 구분한다. 할 수 있는 일과 안 될 일을 아는 것이 생활의 지혜이다. 지혜는 인간이 지닌 가장 중요한 덕이요, 능력이며 올바른 사리 판단력이요, 슬기로운 조화와 균형의 의식이다.

세상에 지식이 많은 사람은 허다하지만 지혜가 많은 사람이 되기는 힘든 것처럼 세상에 학자는 많아도 현인은 드물다. 인생의 지혜는 무엇이 옳고 무엇이 그른지, 또한 설 자리인지 아닌지를 판단하며, 어디로 가야 하며 어디에 머물러야 하는지 바로 아는 것이다.

사랑은 인생의 정점이다. 사랑이 없는 인생은 죽은 인생이나 다름없다. 무수한 별들이 태양을 중심으로 싸고 돌 듯이, 인간의 생활은 사랑을 중심으로 전개된다.

사랑은 남녀의 사랑에서부터 진리에 대한 사랑에 이르기까지, 인생의 근본과 중심을 이룬다. 사랑이 나의 존재 속에 들어올 때, 나의 존재는 커다란 변화를 일으킨다. 사랑이 나의 생활을 지배할 때, 나의 생활은 큰 혁명을 가져온다. 나의 생활에는 희망과 기쁨이 생기고 용기와 신념이 생긴다.

화초에 따뜻한 햇볕이 필요하듯이 인간에게는 따뜻한 사랑이 필요하며, 사랑의 대상을 갖지 못하면 허무주의자로 전락하기 쉽다. 사랑하는 대상이 없을 때 인간은 생의 공허감과 무의미감을 느끼게 되는데, 삶에 대하여 깊은 회의에 빠지기도 한다.

활동은 생명의 가장 중요한 특색이다. 세상에 할 일이 없는 사람처럼 비참한 것이 없다. 활동은 사람이 살아가는 데 활기를 주고, 의미와 가치를 부여한다. 활동 속에는 인생의 의미가 있고 생활의 충실감이 있다.

이 세상에서 순수한 기쁨의 하나는 열심히 일한 다음에 조용히 휴식하는 즐거움이다. 근로를 모르는 사람은 안식의 진미도 모르게 되니, 할 일이 없으면 감옥이나 다름없고 무위도식하는 생활은 지옥과 같은 생활이다.

인간은 살면서 여러 가지 충동 속에 사로잡히게 되는데, 소유하고
싶은 충동과 향락에 빠지고 싶은 충동, 그리고 창조적 충동이다. 될수
록 많은 돈이나 물질을 가지려고 하는 것이 소유 충동이요, 무엇인가
보람 있는 일과 가치 있는 것을 만들기 위하여 일에 전심하고 몰두하
는 것이 창조 충동이다.

소유 충동만 강해질 때 인간은 물질과 돈의 노예로 전락하기 쉽다.
향락 충동만 강해질 때 인간은 향락의 포로가 되기 쉽다. 사람이 가질
수 있는 가장 바람직한 충동은 창조하고 싶은 충동이다. 인간이 만들
어낸 모든 위대한 것은 활동함으로써 생겨난 눈물과 땀의 결정이다.
보람 있는 일에 몰두할 때 인간에게는 구원이 있고, 행복이 있고 환희
와 법열이 있는 것이다.

인생은 땀 흘려서 보람 있는 일을 하는 창조의 일터라고 생각한다.
산다는 것은 배우면서 일하는 것이니, 이 세 가지 요소가 균형과 조화
를 이룰 때 인간은 진정한 행복을 누릴 수 있을 것이다.

(『중앙문학』 2002년 가을호)

되돌아봄

달리는 사슴은 문득 서서 뒤를 돌아다보는 버릇이 있다고 한다. 그 때문에 포수의 총에 맞아 목숨을 잃는 일이 허다하지만, 사진이나 그림 속에서 사슴의 멋은 언제나 그 돌려진 고개에서 찾아진다.

서울의 거리에 서면 모든 것이 질주하고 있다. 어디로 달리고 있는 지조차 모르게 열심히 달리고 있는 우리의 일상이다. 그러한 속에서도 문득 한 번쯤 뒤를 돌아다보며, 한 박자 늦추어 보는 여유가 생활의 윤활유가 될 수 있다.

무료한 버스 속에서 어릴 적에 외씨를 배꼽에 묻히고 같이 뛰놀던 친구를 생각해 본다든지, 찻집에 홀로 앉아 지난날 좋아했던 소녀의 얼굴을 그려보는 것도 잠깐의 여유가 될 것이다.

정신없이 일에 매여 있다가 마음에 맞는 사람과 한잔 술이라도 서로 권하다 보면, 비록 삶이 힘들고 괴롭더라도 그 시간만은 여유를 갖고 하루 일을 되돌아보는 시간이 될 것이다.

등산길의 중턱에서 아득히 능선을 바라보며 올라온 자취를 되돌아보는 것도, 배의 후미에서 바닷물이 물보라를 일으키며 멀리 사라지는 모습을 보는 것도 모두가 되돌아보는 즐거움이다.

스스로의 삶을 혼자서 되돌아볼 때, 생각나는 기억들을 아끼고 즐기고 싶을 때, 그것은 하나의 추억이 된다.

흔들의자에 앉아 뜨개질을 하면서 들려주는 할머니의 이야기나, 어른이 된 아들의 뒷모습에서 남편의 모습을 떠올리는 여인의 사연이나, 추억은 누구에게나 가슴에 간직되었다가 가끔씩 떠오르곤 한다. 그것은 지나간 세월 속에 묻혀 버린 일이지만, 현재의 삶 속에도 살아 있는 일들이기 때문이다.

추억은 단순히 존재하는 어제의 사건과는 다르다. 그것은 스스로의 능력으로 정화되기도 하고 미화되기도 하여서 역사적인 사건과는 관계없이 자신의 마음 속에 살아남아 있는 것이다.

그러기에 추억은 개별적인 것이요, 자기만의 소유이기도 하다. 그것을 개별화하는 것은 마음과의 대화로 이루어진다.

아름다운 추억을 간직하지 못한 사람은 불행한 사람이라고 할 수 있다. 추억은 자연 발생적인 것이어서 의식적으로 만들어지지 않는다. 추억은 때로는 아픔일 수도 있으나 그 속에는 상처가 없다.

추억은 잊을 수 없을 만큼의 고통스럽던 기억은 빼고 슬픔도 아픔도 모두가 아름답게 채색되어지는데, 그것은 시간만이 가질 수 있는 독특한 정서이다.

사람은 추억 속에서 살 수만은 없다. 추억은 언제나 떠나온 고향처럼 따뜻이 간직하고 싶은 마음의 안식처일 따름이다. 추억을 떠올리고 있으면 향수처럼 그리움이 밀려오며, 다시 돌아가고 싶기도 하지만 현실일 수는 없다.

렌즈의 허상이 아름다운 상을 우리에게 보여줄 수는 있어도, 그것이 사진을 만들 수는 없는 것과 같다.

인간의 삶은 언제나 과거보다는 미래에 있어야 한다. 산중턱에서 되돌아본 능선이 아무리 아름답다 해도 가야 할 길을 가야만 한다. 그러다가 한 번씩 뒤를 돌아다보면 족할 것이다.

추억은 마음 속에 간직한 보석처럼 반짝이며, 인생의 의미와 향기를 더해 주기도 한다. 지내놓고 생각하면 그땐 그랬었지 하고 생각되지만, 그 당시에는 고뇌하고 좌절하며 때론 슬픔에 잠겨 괴로웠던 날들이었다.

아름다움만이 기억의 등불을 켜는 게 아니다. 슬픔과 고통의 순간들도 이제 와 생각해 보니, 마음 속에 지워 버릴 수 없는 판화를 찍어 놓았다.

어쩌면 추억이 나를 존재하게 만들고 나를 성장시켰으며, 삶의 의미를 만들어 주었는지 모른다. 추억은 내 삶의 일상에서 일어난 눈보라이거나 풍랑이 아니었을까.

사랑은 추억 속에 영원히 숨 쉬고 아픔은 추억 속에 아물어서 눈물 자국을 지우게 하였다.

오늘의 생활의 편린들은 또 어떤 추억의 모자이크가 될까. 추억은 시간의 침식에도 퇴색되지 않고 내 삶 속에 살아 숨 쉬는 것이기에, 이제 되도록이면 남에게도 들려주고 싶은 추억을 만들고 싶다.

되도록이면 아름답고 바람직한 추억을 만들기 위해서, 오늘의 삶을 성실하게 살아야 할 것 같다. 그 추억들을 더욱 선명하게 채색하기 위해서 내 영혼이 맑아져야 하겠다.

과거를 보면서 미래로 나아가듯, 나는 간혹 추억이란 보석을 꺼내 보면서 앞으로 살아갈 날들을 더욱 값지게 가꿔 가고 싶다.

(『수필춘추』 1999년 겨울호)

다리 놓기

내가 어렸을 때는 지금처럼 장난감이 많지 않아서, 대개는 자연에서 놀이감을 찾고는 하였다. 시골이 고향인 나는 산으로 들로 다니며 어린 시절을 보냈는데, 어느 날 산기슭에서 놀다가 개미를 유심히 관찰하게 되었다.

허리도 가늘고 힘도 연약해 보이는 개미들이 먹이를 나르고 있었다. 그 중에도 자기 몸의 몇십 배가 되어 보이는 긴 지푸라기를 끌고 가는 놈이 있어 내 시선을 끌었다. 나는 신기한 광경에 한참 동안 지켜보았는데, 개미가 가는 길에는 땅이 갈라져서 깊은 골이 패인 곳도 있었다. 나는 개미가 그 골을 어떻게 건너갈지 궁금해서 계속 들여다보았다.

개미는 움푹 패인 골 앞에 이르자 지푸라기를 내려놓고 어쩔 줄 모르고 왔다 갔다 하고 있었다. 나는 개미가 건너가기를 포기하고 멀리

돌아서 가겠지, 하고 생각하고 지켜보았다. 그런데 개미는 자신이 끌고 온 지푸라기를 골에 가로질러 놓고 그 위를 유유히 건너가는 것이었다. 그 광경을 바라본 나는 개미의 지혜에 감탄하였다.

그 후로 내 힘으로 넘기 어려운 고난을 당할 때마다, 나는 어린 시절에 보았던 개미의 지혜와 과감한 도전을 생각하였다. 자신이 끌고 왔던 짐을 다리의 재료로 사용하여 장애물을 건너간 개미의 지혜가 나에게 교훈을 준 것이다. 나뿐만이 아니고 아마도 누구나 살아가면서 그 개미처럼 깊은 골을 만날 때가 여러 번 있을 것이다.

어린아이에게 바보라고 꾸중을 하면 아이는 점점 바보처럼 되어서 열등하게 만들 뿐이라고 한다. 비난이나 꾸중보다는 칭찬과 격려를 하는 것이 아이에게 더 큰 용기와 희망을 갖게 할 수 있다.

얼마 전에 어느 농아자의 생활을 TV에서 보았는데, 그녀는 알아듣기 어렵기는 했지만 말을 할 수 있었다. 그런데 그는 어려서 친구들이 말을 제대로 못한다고 놀려 더 이상의 발전을 하지 못했다고 한다. 말을 더 잘할 수 있을 거라고 칭찬을 했더라면, 큰 소리로 똑똑하게 말하려고 노력을 했을 텐데, 그녀는 가족이 아닌 사람들 앞에서는 말문을 닫아 버리고 말았다.

이렇게 비난이 한 사람의 일생을 바꾸어 놓기도 하는 것이다. 꾸중이나 비난보다 칭찬이 더 좋은 약이 되는 것은 틀림없는 사실이지만, 그렇지 않은 경우도 있다.

비난이나 꾸중을 듣고 오히려 더 용수철처럼 튀어 오르는 이도 없지는 않다. 자기를 무시하는 사람들에게 오기가 생겨 오히려 더 많은 노력을 하여 성공을 하는 사람도 있는 것을 보게 되는데, 비난과 꾸중의 짐을 재료로 다리를 놓은 사람이다.

황금은 섭씨 4000도의 용광로에 들어갔다 나와야 반짝이는 황금으로 빛을 내게 된다. 비바람 몰아치는 들판에서 자란 야생초는 겨울 눈 속에 파묻혀 긴 동면을 해도 봄이 오면 다시 살아나 아름다운 꽃을 피운다. 그러나 온실에서 자라난 꽃은 그렇지 못하여 영하의 추위 속에 내놓으면 얼어 죽게 마련이다.

이 세상 어느 누구도 거저 성공한 사람은 없다. 누구나 다 자기에게 주어진 시련과 역경을 뛰어넘은 경험이 있다. 역경을 재료로 삼아 다리를 놓아본 경험이 있는 사람들이 성공한 사람들이다.

역사 속에 나오는 인물들을 보아도 알 수 있듯이, 이순신 장군이 열악한 병기와 자기의 처지를 한탄만 하고 백의종군하지 않았더라면, 또는 일제 때 독립투쟁을 한 많은 독립운동가들이 약소민족이라고 비관만 하고 포기했더라면 우리나라는 어찌 되었을 것인가.

그들 모두가 역경을 재료로 삼아 평화와 행복으로 가는 미래의 다리를 놓은 사람들이다. 시련과 고난을 오히려 도약의 발판으로 삼아 기회를 차지한 사람들이다.

그러니까 시련과 위기가 닥치면 그것을 오히려 기회로 보아야 하지 않겠는가. 시련과 위기를, 미래로 가는 다리의 재료라고 보아야 할 것이다.

(『중앙문학』 2002년 봄호)

임금님의 중매

현대는 경쟁의 시대이다. 빠르게 변화하는 사회 속에서 조금만 뒤처져도 낙오자가 되고 말기 때문에 모두들 안간힘을 쓰게 된다. 남을 뛰어넘기 위해서, 때로는 남의 약점을 자신의 출세나 성공에 이용하려는 사람들도 있다.

조선시대에도 남의 약점을 이용해서 출세를 하려고 했던 인물이 있었던 걸 보면, 그런 욕심은 경쟁사회인 현대의 산물인 것만은 아닌 것 같다.

조선조 제9대 성종 때의 일이다. 그 때엔 예문관이 그 이전에 없어진 집현전의 기능을 일부 대신하고 있었는데, 조위(曺偉, 1454~1503)가 예문관 검열이라는 직책에 있었다.

하루는 성종이 궁궐을 돌다가 예문관을 지나치게 되었다. 사위가 모두 잠든 깊은 밤이었는데, 마침 조위의 방 앞을 지나다 발길을 멈추었다. 방안에 아직 불이 꺼지지 않은 채, 조위의 글 읽는 소리가 방문 밖까지 들려오고 있었다. 성종이 대견스러운 마음에 조위를 불러 칭찬의 말이라도 하려고 하는데, 뒷문이 열리는 소리가 들리고 누군가 방으로 들어가는 것이 창호지 바른 문의 그림자로 비춰졌다.

사가도 아닌 궁궐에서 공부하는 선비의 방에 나타난 여인을 보고 놀란 성종은, 참으로 괴이한 일이라는 생각이 들어 가만히 지켜보았다. 그리고 여인의 그림자가 조위의 책상머리에 다소곳이 앉아 있는 것이 보였다.

그런데 조위는 여인의 존재를 모른 체하고 계속 책만 읽고 있더니, 한참이 지나서야 책장을 덮고 점잖게 여인에게 물었다.

"대체 당신은 누구인데 깊은 밤에 남자 혼자 있는 방에 들어온 것이요?"

그제서야 여자는 "저는 궁녀이옵니다. 감히 이런 말씀을 드리기 죄스럽지만 사실 저는 대궐에 큰 일이 있을 때마다 선비님의 모습을 훔쳐보았습니다."

궁녀는 선비를 흠모하고 있었다는 것이다. 그러다가 더는 참을 수 없어서 고백을 하게 되었노라고 하였다. 그러고는 상사병으로 죽느니 차라리 조위 앞에서 죽는 것이 낫겠다고 말하며 은장도를 꺼내 드는 것이 아닌가.

조위도 놀랬지만 밖에서 숨죽이며 듣고 있던 성종도 놀라기는 마찬가지였다. 순간 조위는 재빨리 궁녀의 손에서 은장도를 빼앗고는 여인을 품에 안았다.

방안의 불이 꺼지는 것을 보고 안도의 숨을 내쉬며 돌아온 성종은 동행하였던 내시에게 비단 이불을 가져다가 두 남녀에게 덮어주라고 하였다.

　다음날 잠에서 깨어난 조위는 비단 이불을 보고, 자신들이 한 일을 임금님이 알고 있음에 놀라 성종 앞에 나아가 자신이 궁녀를 범하는 큰 죄를 지었노라고 고했다.

　그러나 성종은 오히려 죽으려던 여인의 목숨을 살렸으니 그 일은 없던 일로 하자고 말하였다.

　그런데 "낮말은 새가 듣고 밤말은 쥐가 듣는다"고 하더니, 어떻게 알았는지 여러모로 조위와 엇비슷한 위치에 있던 신종호(申從濩, 1456~1497)가 성종에게 나아가서는 조위에게 벌을 내려야 한다고 말하며 그 사건을 고하였다.

　성종은 신종호가 친구의 약점을 이용하여 제가 더 많은 신임을 얻으려는 속셈을 알아차렸지만 마땅한 대응책이 없어 그러마 하고 한 꾀를 생각해냈다.

　며칠 후 성종은 신종호를 불러 평안도에 어사로 내려보내며 당부를 하였다. 성종은 평안도에는 아름다운 여인들이 많다고 들었는데, 여인에게 빠지지 않을 것으로 믿는다며 신종호에게 미리 쐐기를 박았다. 그리고는 비밀리에 평안감사에게 어사로 내려보낸 신종호에게 기생이 수청을 들게 하도록 명하였다.

　여자를 가까이하지 않기로 소문난 어사 신종호에게 평안감사는 어떻게 기생의 수청을 들게 할지 고민하지 않을 수 없었다. 그러던 차에 옥매향이라는 기생이 자신이 그 일을 성사시키겠다고 나섰다.

신종호가 평안도에 도착하여 민정을 살피느라 이 고을 저 고을 다니다가 옥매향이 있는 성청에 도착했다. 날이 어두워 그 고을에서 하룻밤을 지내게 되어 잠자리에 들려는데, 어디선가 여인의 울음소리가 가슴을 도려내듯 구슬프게 들려오는 것이 아닌가.

신종호는 여인의 우는 사연이 궁금하기도 하고 걱정이 되기도 하여 한참 동안 뒤척이다가 잠이 들었다.

다음날도 역시 그곳에서 유하게 되었는데 여전히 여인의 우는 소리가 슬프게 들려왔다.

신종호는 더는 그대로 있을 수 없어 여인을 데려오라고 사람을 보냈다. 그러나 자신이 수절과부라고 하며 여인은 갈 수 없다는 전갈만 보내왔다. 하는 수 없이 신종호는 걱정 반 호기심 반으로 여인의 집을 찾아나섰다.

여인의 사연은 혼자서는 여자의 외로움과 고달픔, 그리고 해를 당할까 싶은 두려움에 울어서라도 죽어 남편의 뒤를 따르려 한다는 것이었다. 아름다운 여인의 눈물에 마음이 움직이기도 했지만, 귀한 목숨을 살려야겠다고 생각한 신종호는 자신이 거두어야겠다고 마음먹었다.

그리고는 그곳에 있는 동안 그 여인과 인연을 맺어 즐거운 날들을 보냈다. 조위를 비난했던 그도 아름다운 여인을 외면하지는 못했던 것이다.

그리고 어사의 임무를 마치고 궁으로 돌아온 신종호는 아무 일도 없었던 듯 시치미를 떼었다.

이미 그 일을 보고 받은 성종은 조위와 신종호를 불러놓고 궁녀와 옥매향을 데려오게 하였다. 그리고 두 사람에게 내 평생 처음이자 마지막으로 중매를 서는 것이니, 각자 자신들의 여인을 데려가 화목하게 지내라고 하였다.

시기심에 친구의 약점을 이용하여 밀어내고 혼자 출세하려고 한 신종호에게는 자신의 잘못을 깨닫게 하고, 실력이 출중하지만 궁중 법도를 위반한 조위에게는 그 과오를 묵인하면서까지 좋은 인재를 잃지 않으려 한 성종의 너그러운 성품이 오히려 중매를 서게 한 결과가 된 것이다.

성종은 신종호의 떳떳치 못한 행동보다는 조위의 솔직담백한 모습을 높이 평가하여 신종호로 하여금 자신의 과오를 스스로 깨우치게 한 일화인데 출세에 있어 남의 약점을 이용하는 것보다 자신의 실력으로 당당하게 이루어야 함은 두 말할 나위 없는 일이다.

인생이란 결국 어떤 일에도 정정당당해야 하고, 끝없는 자신의 편달과 노력으로서만 승리하는 과정이 되어야 하지 않겠는가.

종에서 재상이 된 반석평

　반석평(潘碩枰, 1472~1540)은 천얼 출신임에도 당상관에 오른 조선 중종 때의 인물로 반서린(潘瑞鱗)의 둘째 아들로 태어났다. 본관은 광주(光州), 자는 공문(公文), 호는 송애(松崖)이다.

　그는 요즘 우리나라 차기 대권 후보로 널리 회자되고 있는 유엔 사무총장 반기문이 그의 16세손이라서 더욱 관심 있게 조명되고 있는 청백리 중의 한 사람이기도 하다.

　그의 공직 이력을 살펴보면, 1504년(연산군 10년) 비교적 많은 나이에 생원시에 합격하고, 1507년(중종 2) 식년 문과에 병과로 급제하여 예문관검열(藝文館檢閱)이 되었다. 이후 1516년 안당(安瑭)의 추천으로 종5품 경흥부사(慶興府使)가 되었고, 만포진첨절제사(滿浦鎭僉節制使)를 거쳐 함경남도 병마절도사가 되었으나 1524년 군기를 살피지 않고 도로 사정을 잘못 보고했다는 이유로 탄핵받아 파직되었다가 다시 병조

참의(兵曹參議)에 임명되었다.

1527년 함경북도 병마절도사, 1530년에는 경연특진관(經筵特進官)과 충청도 관찰사를 역임하고, 이듬해에는 성절사(聖節使)로 명나라에 다녀온 뒤 예조참판을 거쳐 전라도 관찰사(全羅道觀察使), 평안도 관찰사 등을 역임하였다.

이후에도 승승장구하여 1536년(중종 31년)에는 공조판서가 되더니, 동지중추부사, 형조참판, 한성부판윤을 거쳐 형조판서가 되었다. 그리고 1540년에는 지중추부사(知中樞府事)가 되어 봉직하던 중 세상을 하직하였는데 당시 중종 임금은 "반석평은 일찍이 육경(六卿)을 역임했으니 특별히 부의(賻儀)를 보내야 한다. 전례를 조사하여 서계하라"고 특별히 명하고 장절(壯節)이라는 시호를 내렸다. 그야말로 왕의 총애를 한 몸에 받은 재상중의 재상이었던 것이다.

반석평의 원래 신분은 종(奴)이었다. 종은 통상 조상이 포로이거나 범죄자, 또는 파산한 채무자였는데 그들에게는 공민권이 없어서 과거 시험도 볼 수 없었고, 관리 또한 될 수가 없었다.

그러나 반석평은 신분이 비록 종이었지만 공부가 하고 싶어 자기 또래의 주인집 이 참판댁 아들 이오성이 독선생에게 글을 배우는 방 밖에서 도둑공부를 시작했다. 천성이 영민한 반석평의 도둑공부는 그를 일취월장(日就月將)으로 실력을 높였다. 글은 배우는 족족 모두 외웠고, 글씨는 땅바닥에 쓰면서 익혔다.

이 사실을 알게 된 주인집 이 참판은 한 번 그에게 직접 글을 가르쳐 보기로 했다. 그런데 막상 그에게 글을 가르쳐주니 그야말로 하나를 가르쳐주면 열을 아는 것이 아닌가?

이 참판은 반석평이 아무리 봐도 종이라는 신분이 너무 아까워 노비문서를 불태우고 후손이 없는 친척 양반 집에 양자로 입양시켰다. 그리고 난 후 인연을 뚝 끊었다.

입양된 후 반석평은 더욱 열심히 공부하여 과거시험에 급제하여 벼슬길에 나섰다. 예문관검열, 경흥부사, 만포진첨절제사, 함경남·북도 병마절도사, 동지중추부사, 형조참판 등을 역임하고, 형조판서로 있을 때 초헌을 타고 입궐하는 도중이었다.

주막집 앞에서 봉변을 당하며 거지가 다 된 어린 시절 주인집 도령 이오성을 발견하고는 교자에서 얼른 내려 큰절로 예를 갖추었다. 그리고는 그를 집으로 데리고 와 그동안 양반행세하며 출세하여 호의호식한 죄를 사과하고 다시 옛 주인의 종이 되겠노라고 말했다.

그리고 중종 임금에게도 자신의 본래 신분이 종이었음을 밝히고 이 참판의 호의로 그 자리에 올랐음을 상기시키며 자신의 관직을 삭탈하고 나라를 속인 죄를 엄히 다스려 달라고 간하였다.

중종은 크게 놀랐지만 반석평의 용기와 인품을 높이 사 그대로 관직에 두고, 그 참판의 아들 이오성에게는 사옹원 별제 자리를 내려주었다. 이런 사실이 알려져 한 때 탄핵을 당하기도 했지만 반석평은 죽을 때까지 벼슬에서 물러나지 않고 청백리로 이름을 남겼다.

사실 그가 국법을 어긴 것은 아니다. 이 참판이 스스로 노비문서를 불태워 종양(從良)해 주었고, 문과에 정식으로 급제했으니 법적으로도 문제될 것이 없었다. 다만 도덕적으로 자기를 재상의 반열에 오르게 해 준 이 참판의 아들이 몰락한 것을 마음 아프게 생각하고 취한 양심 고백에 불과한 것이다.

반석평은 무오사화와 기묘사화를 겪는 가운데서도 조선8도 감사 (관찰사), 5도 병마절도사, 한성판윤 등 6경(卿)이라는 고위직을 거친 특이한 경력의 소유자다. 특히 조선역사상 8도의 관찰사를 모두 지낸 이는 반석평과 함주림 단 2명이었다고 알려져 있다.

흔히 서얼 출신으로 출세한 인물로 유자광이나 한명회를 꼽지만 이들은 민담이나 설화에서 매우 부정적인 인물로 나오는 반면에 반석평은 끝까지 청백리로 기록되었으니, 매우 훌륭한 인물이었음은 틀림없는 사실이다. 그리고 무엇보다 당시 왕정시대에 종 출신으로 재상까지 지냈음은 매우 특이한 사실이 아닌가.

오늘날 반석평 같은 훌륭하고 강직한 관리들이 얼마나 되며, 말은 애국자인 양 근사하게 포장하나 실질적으로는 자기의 입신양명만 챙기지는 않는지 매우 궁금하다.

사람은 높은 지위에 있을 때 겸손하고, 정직하며, 부정하지 말아야 자신은 물론 자손대대로 민족사에 영원히 남게 되리라.

6부

수분지족

수분지족

　사람은 자기 자신을 알고 분수대로 사는 것, 곧 수분지족(守分知足)이 지혜로운 삶을 사는 것이라고 할 수 있다. 자신을 모르기 때문에 불행하게 살며, 파탄과 삶의 비극을 겪는 사람은 흔히 볼 수 있다.

　세상에는 지식이 풍부한 사람은 많지만 지혜가 있는 사람은 많지 않다. 지식이 많은 사람은 학자에 속하고, 지혜가 많은 사람은 현인이라고 할 수 있다. 지혜가 있는 사람은 슬기롭고 사리 판단이 현명하다. 옳고 그른 것을 판단하고 자기의 분수를 아는 감각 있는 사람이 지혜롭다. 지식을 겸비하고 지혜가 풍부한 사람이 되어야 하지 않겠는가. 부모는 자녀에게 부모로서의 역할을 다해야 하고, 자녀는 부모에게 효도를 해야 한다.

　저마다 자기의 형편과 처지를 알고 거기에 맞는 행동과 생활을 해야 올바로 산다 할 것이며 분수를 지키는 태도라 할 것이다.

과욕이나 허욕을 부려 탐욕의 노예가 되는 사람을 본다. 산다는 것은 욕망을 갖는 것, 세상에 욕망이 없는 사람은 없지만 지나치면 패망의 지름길이 될 수 있다.

잘 살고 싶고 아름다워지고 싶고 성공하고 싶은 욕망 등, 여러 가지의 욕망이 있어 세상은 발전하고 향상한다. 산다는 것은 욕망을 충족시키기 위한 끊임없는 노력의 과정이 아니겠는가. 그러나 그 욕망이 자기의 분수에 맞지 않을 때는 탐욕이 되고 만다.

살기 위해서 어쩔 수 없이 욕심을 가질 때도 있지만, 욕심의 노예가 되어서는 안 된다. 연꽃은 더러운 흙탕물 속에서 자라지만 그 더러움에 물들지 않고 아름다운 꽃을 피운다. 아무리 어려운 세상에 살더라도 자신을 깨끗이 지키는 연꽃에서 지혜를 배우게 된다.

지나친 것은 모자라는 것만 못하다는 말이 있다. 과음, 과식, 과로, 과색, 과욕은 사람들이 흔히 범하기 쉬운 다섯 가지의 과(過)이다. 과음 과식을 하면 배탈이 나고 과로가 겹치면 몸에 병이 온다. 과색은 우리의 몸을 허약하게 하며, 지나친 욕심은 반드시 우리를 불행하게 만든다.

무슨 일이나 지나치지 않는 것이 중요한데, 그런 경지를 중용이라고 하고 절도(節度)라고 한다. 중용은 평범한 것 같지만 살아가는 데 꼭 지켜야 할 진리이다. 절도는 생활의 가장 중요한 지혜에 속하지 않는가. 수분지족은 평범한 교훈이지만 인생의 깊은 성찰이고, 평범 속에 스며 있는 철학이다. 지족은 자기의 생활에 만족할 줄을 아는 정신이라 하겠는데 자기 만족 속에 행복이 있지 않은가.

사람은 마음 속에 불만이 가득 차 있으면 행복해질 수 없다.

인간의 욕심은 끝이 없어 옛말에도 '아흔아홉 섬 가진 사람이 한 섬 가진 사람의 것을 뺏는다' 는 이야기가 있다. '말 타면 경마 잡히고 싶다' 는 말도 있다. 이런 이야기들은 다 인간의 욕심을 빗대어 만들어 낸 말일 것이다.

자기의 현실에 대해서 늘 불평불만을 하는 사람이 있다. 그러나 세상은 마음먹기에 달려 있고 생각하기 나름이다.

이 세상에서 가장 불행한 사람을 꼽으라면 헬렌 켈러(Helen Adams Keller, 1880~1968)를 빼놓을 수 없을 것이다. 그는 생후 19개월 만에 열병을 앓아 보지도 못하고 듣지도 못하고 말하지도 못하는 암흑의 절망 속에 빠졌다. 그러나 필사의 노력으로 대학을 졸업했고, 여러 권의 책을 썼으며, 전 세계를 돌면서 농아들에게 희망과 신념과 용기를 전했다. 그는 최악의 운명을 최고의 영광으로 바꾸었다. 그는 최대의 불행을 최대의 행복으로 변화시켜 기적을 보인 사람이었다.

그래서 행복은 정성과 노력으로 쌓아 올리는 공든 탑이라고 할 수 있다. 만족할 줄 알고 감사하는 마음으로 행복을 추구하면 얼마든지 고난을 극복하고 행복을 얻을 수 있게 될 것이다.

산다는 것은 제 분수대로 자기의 길을 가는 것이니, 수분지족이라는 말 속에서 인생의 깊은 진리를 깨달아야 한다. 겸허한 마음으로 수분지족의 진리와 평범함을 받아들이는 마음의 자세가 지혜를 깨닫는 정신의 자세이다.

(1996년)

실패한다는 것

    인간은 기쁨을 얻는 동시에 슬픔의 씨앗을 뿌린다고 한다. 그래서 똑같은 인간의 삶이 어느 때는 그지없이 비참한가 하면, 어느 때는 눈부시게 찬란하기도 하다. 이런 인간의 이중적 양면성은 어디서나 볼 수 있다. 평화를 외치면서 전쟁을 일으키고, 자유를 외치면서 구속하고, 사랑하면서 미워한다.

    아름다운 자연도 천재지변이나 인재로 인하여 한순간에 끔찍한 몰골로 변하는가 하면, 인간을 위해 만들어진 문명의 이기들이 오히려 인간을 불편하게 만드는 일도 허다하다.

    낮은 밤을 부르고 겨울은 여름을 재촉하듯 하루에도 몇 번씩 슬픈 일과 기쁜 일이 교차되기도 한다. 이렇듯 인간의 삶이란 갖가지 모양과 색깔을 지닌 존재들이 모여 조화를 이루어 나가는 것인가 보다. 조화란 음악의 화음과 같다. 예민한 소리와 둔탁한 소리, 낮은 소리와 높은 소리 등이 함께 어우러져 아름다운 음악이 되듯, 다양한 인간이 모여 사회를 이루고 내일을 만들어 나가는 것이다.

사실 이 세상에서 버릴 것은 아무 것도 없다. 황량한 들판의 이름 모를 잡초는 물론, 굴러다니는 돌멩이 하나에 이르기까지 불필요한 것이란 없다. 그 모두가 인간에게 필요한 것들이다.

오늘 필요 없다고 버린 물건을 내일 찾게 되는 경우가 있고, 지금 필요를 느끼지 못하는 것들도 언젠가는 아니 지금도 다른 누군가가 절실히 찾고 있을지 모른다.

물리학자들이나 생물학자들이나 인류학자들이 우주 또는 지구의 나이를 얼마로 계산하든, 인간의 상상 이상으로 유구한 세월이었음에는 틀림없다. 10년이면 강산도 변한다는 말처럼 무수히 변하고 또 변하여 왔으니, 실상 사라진 것은 아무것도 없다. 물리학의 기초라고 하는 물질불멸설도 있듯이, 세상이 아무리 급속도로 변할지언정 한 줌의 흙도 한 방울의 물도 사라지지는 않고 형태만 바뀔 뿐이다.

문명의 발달이 많은 변화와 번영을 이루었지만, 그 누구도 이 세상에서 물질을 사라지게 할 수는 없다. 얼핏 사라지는 것처럼 보이는 것도, 형태를 바꾸어 돌고 도는 것일 뿐 미세한 분자조차도 그냥 없어지는 것은 없다. 이 사실은 우리에게 큰 깨달음을 주는데, 우리 인간에게도 결국 손해란 없다는 것이다.

성공과 실패의 기준이 저마다 다르긴 하지만, 대부분은 가치를 지닌 어떤 것의 들고 남에 비중을 많이 둔다. 가치를 지닌 많은 것들이 내 곁에 머물면, 그것은 성공이고 상대적으로 내 곁에서 떠나가면 그것은 실패가 된다. 실패한 사람이란 무엇인가를 잃은 사람이다.

사업에 실패했다면 돈을 잃었다는 게 되고, 시험에 불합격했다면 시간과 노력을 잃은 것이요, 사랑에 실패했다면 그 역시 시간과 에너지를 잃은 것이다. 하지만 실패한 자들이 잃어버린 것들은 모두 어디로 갔을까. 아니면 절대적인 누구인가가 지상에서의 시간과 공간을 떠나 그에게서 무엇을 빼앗아 갔다는 말인가.

그러나 물질불멸설에 따르자면 손해란 생길 수 없다. 누구도 그 무엇을 잃어버릴 수가 없다. 물리적으로 손실을 보았다고 말하는 사람에게 먼저 묻고 싶다. 당신이 손해 본 것은 무엇인가. 어떤 사람은 시간이라고 말할 것이다. 한 번 가버린 시간은 영원히 돌아오지 않는다. 누가 어떤 방법으로 잃어버린 내 시간을 되찾아 줄까. 나는 그에게 시간을 잃은 대가로 경험을 얻지 않았느냐고 말해 주고 싶다.

가 버린 시간만큼 그 시간 속에서 경험을 얻은 것이다. 시간을 사용하지 않고는 경험을 얻을 수 없다. 그러므로 처음부터 손해란 없었다. 이제 그 경험을 얻었기에 차라리 지금 성공하지 못한 것이 다행일지도 모른다. 그 실패로 더 큰 성공을 잡을 수 있는 힘을 얻게 되지 않았는지.

또 어떤 사람은 돈을 잃었다고 할 것이다. 집도 팔고 땅도 팔아서 사업을 시작했는데, 투자한 돈을 다 잃은 것은 물론 빚까지 지게 됐으니 큰 실패를 했다고 여길 것이다. 물론 그에게서 돈은 나갔지만, 그 돈은 사라지지 않고 어딘가에 있을 것이다. 그의 수중에 없을 뿐 그가 사용하는 것보다 더 유용하게 어디선가 사용되고 있을 것이다.

돈이란 필요한 사람이 필요한 곳에 쓰는 게 원칙이다. 그렇다면 그 돈은 누군가 더 필요한 사람에게 갔을 것이며, 유효적절하게 쓰이고 있을 것이다.

돈은 돌고 도는 것이 아닌가. 이동만 있을 뿐 사라지는 것이 아니라는 것은 참으로 큰 위로가 아닐 수 없다. 물질이란 것이 없어지도록 만들어졌다면, 실패한 자는 영원히 돌이킬 수 없는 실패자가 되고, 손실 또한 영원히 보상받을 길이 없을 것이다.

그렇다면 희망이라는 단어조차 없어지고 말았을 게 아닌가. 사람의 언어는 단순한 의미 이상의 에너지를 가지고 있다. 말한 대로 이루어진다는 것은 우리 의식 속에 말의 에너지가 그 어떤 에너지보다 강하게 작용한다는 걸 의미한다.

그러기에 희망 재기 도전 용기 등등의 단어들을 자꾸 말하는 사람은 틀림없이 용기를 갖고 다시 도전하여 희망을 성취하게 된다. 시간을 잃었으나 경험을 얻었고, 돈을 잃었으나 사라지지 않고 어딘가에 있다고 하면 희망은 얼마든지 있다. 우리는 생각하기에 따라 희비와 빈부와 행·불행의 차이가 두드러지게 나타난다.

어떤 경우에도 내가 손해 볼 것은 없다는 사실, 어떤 것도 내게서 사라지는 것이 없다는 이 진리를 알고 희망을 가지고 살아간다는 것은, 현대를 살아가는 삶의 지혜라 할 것이다.

잃은 것이 없으니 손해도 있을 수 없고, 손해라고 생각하는 마음과 잃었다는 마음만 있을 뿐이다.

(『한국수필』 1998년 1·2월, 등단작품)

자신을 위한 편달

채찍질하는 것을 편달이라고 한다.

편(鞭)은 채찍질 편자인데, 채찍은 보통 가죽으로 만든다. 그래서 가죽혁 변을 쓴다. 달(撻)은 매질할 달이다. 내가 나에게 채찍질하는 것을 한문으로 자기 편달이라고 한다.

우리는 자기 자신에게 항상 채찍질을 가해야 한다. 흐르지 않는 물은 썩기 마련이고 구슬도 닦지 않으면 빛이 나지 않으니, 인간의 머리도 쓰지 않으면 녹이 슬기 쉽다.

프랑스의 유명한 생물학자 라마르크(LAMARCK, 1744~1829)는 《동물철학》이라는 책에서 '용불용설'(用不用說)을 제창했다. 인간의 머리와 기계는 근본적으로 같지 않으니, 기계는 쓰면 쓸수록 마멸(磨滅)되지만 사람의 머리는 쓰면 쓸수록 발달하게 되어 이것이 생명을 가진 인간과 기계가 다른 점이다.

머리는 써야 발달하고 발은 걸어야 튼튼해지고 손은 많이 쓸수록 민첩해지는 것을 알 수 있다. 귀는 들을 수 있어야 제 구실을 다한다 할 수 있고, 심장은 뛰지 않으면 무용지물이다. 생각하지 않는 머리, 걷지 않는 다리, 쓰지 않는 손, 듣지 않는 귀는 점점 기능이 약해지고 둔화(鈍化)된다.

이것이 라마르크의 이론 용불용설이다.

물이 높은 데서 낮은 데로만 흘러가고 거슬러 오르지 못하듯이 인간도 내버려 두면 물처럼 생긴 대로 순응할 수밖에 없다. 사람은 안일과 권태에 빠지기 쉬우므로 자기 자신에게 스스로 반성과 격려로 채찍질을 하여 나태해지지 않도록 해야 한다.

젊어서는 기력이 왕성해서 실수하기 쉽지만, 인간은 늙어지면 무기력해지고 만다. 그래서 공자도 나이가 들면 무사안일에 빠지지 않도록 조심하라고 했다.

인간은 나이를 먹으면 무기력 무관심 무정열(無情熱) 무감동(無感動)에 빠져서 고목처럼 시들해지기 쉽다.

나태와 의욕 상실과 무위도식(無爲徒食)에 빠지면, 인간은 퇴보하고 노쇠현상이 일어나게 된다. 사람은 이것을 경계해야 한다. 그런 생활에는 진보가 없고 발전이 없고 성장이 없다. 자기 자신에게 항상 채찍질을 가해야 한다.

산다는 것은 자기 자신과 부단히 싸우는 것이다. 자기 자신에게 패하는 사람은 퇴보인(退步人)으로 전락하고 자기 자신에게 이기는 사람은 향상할 수 없다.

우리는 파우스트처럼 늘 배우는 자세로 탐구하고 활동하여, 향상하고 전진하는 생활을 해야 하지 않을까. 그래야만 생활에 충실감(充實感)이 있고 행복이 있게 된다.

보보등고(步步登高)라고 한 선철의 말처럼 한 발자국 한 발자국 걸음을 옮길 때마다 점점 높은 데로 올라가야 한다는 것이다.

우리의 생활은 향상의 생활이 되고 우리의 생애는 발전의 생애가 되어야 한다. 산다는 것은 부단히 전진하는 것이다. 인생은 자아완성(自我完成)을 향한 끊임없는 노력의 과정이다.

우리는 항상 자기 자신에게 격려의 채찍질을 가하는 자기 편달인(鞭撻人)이 되어야 할 것이다.

(1998년 5월)

정신의 안경

　'일일시호일(日日是好日)' 이란 말이 있다. 날마다 살아가지만 어제도 즐겁고 오늘도 즐겁고 내일도 즐거워야 한다는 것이다. 즐거운 하루 하루가 쌓여서 즐거운 한 달이 되고 즐거운 한 해가 되고 즐거운 일생이 된다.

　그러나 세상에는 즐거운 생애를 사는 사람보다 괴로운 생애를 사는 사람이 더 많다. 그래서 인생을 고해(苦海)라 했고, 또 인토(忍土)라 했다. 고해는 괴로움의 바다요, 인토는 참고 견디면서 살아야 할 세상이라는 것인데, 어떻게 하면 일일시호일, 날마다 즐거운 날이 될 수 있을까.

　그것은 마음의 문제로 모든 일은 마음먹기에 달렸다고 할 수 있다.

　기쁨의 안경(眼鏡)을 쓰고 바라보면 기쁘고 불평의 안경을 쓰고 바라보면 모두가 괴롭다.

"네가 믿는 대로 되리라"라는 성구나, 화엄경(華嚴經)의 '일체유심조(一切唯心造)'라는 구절이나 모두 마음먹기에 달렸다는 말이다. 그래서 옛 사람들은 "얼굴이 아무리 잘 생겨도 몸이 튼튼한 것만 못하고, 몸이 아무리 튼튼하여도 마음이 아름다운 것만 못하다"고 하며, 관상도 중요하고 체상도 중요하지만 심상이 제일 중요하다고 했다.

그래서 인생학(人生學)의 제일과는 마음을 다스리는 것부터 시작해야 한다고 생각한다. 인생은 자작자연(自作自然)의 연극이지만, 결과는 자업자득(自業自得)으로 이어진다.

스스로가 쓴 인생의 각본으로 스스로 연출을 한 삶의 주인공 역할은, 그 결과에 대해서도 스스로 책임을 져야 하기 때문이다.

사람이 지닌 성품은 선천적인 면과 후천적 영향에 의해서 만들어진 면이 있다. 태어날 때부터 갖고 있는 성품이야 스스로도 어찌 할 수 없는 일이지만, 후천적으로 만들어진 성품은 자기 자신과 부모의 노력에 따라 달라질 수 있다.

어떤 사람은 항상 밝은 마음으로 미소를 지으며, 명랑한 목소리로 주위를 기분 좋게 하여 자신도 밝은 인생을 살아간다.

그와 반대로 우울한 마음으로 어두운 표정을 지으며, 불안한 심기를 드러내는 사람도 있다. 그런 사람은 겨울과 같은 냉랭한 인생을 살아간다. 화기(和氣)의 인생도 있고 냉기(冷氣)의 인생도 있다. 명심(明心)의 인생도 있고 암심(暗心)의 인생도 있다.

왜 이러한 엄청난 차이가 생길까. 나는 그 물음에 답을 마음의 안경에서 찾고 싶다.

요즘은 안경을 쓰는 사람이 점점 늘고 있다. 눈이 나빠서 안경을 쓰는 사람뿐만이 아니고, 사람은 저마다 마음의 안경을 하나씩 가지고 있다. 그리고 그 마음의 안경을 통해서 상대를 바라보고 평가하며 인생을 관조한다.

밝은 마음을 가진 사람은 밝은 마음의 안경을 쓰고 모든 것을 밝게 보지만, 우울한 마음을 지닌 사람은 어두운 안경을 끼고 인생을 어둡게 바라본다.

희망을 상징하는 녹색 안경을 쓰고 세상을 보면 만물의 희망적으로 보이지 않을까. 그리고 회의(懷疑)의 회색 안경을 쓰고 세상을 보면, 만물이 회색으로 어둡게 보일 것이란 생각이다.

같은 사물이라도 색안경의 빛깔에 따라서 밝게도 보이고 어둡게도 보인다.

내 앞에 푸르른 생명의 숲이 펼쳐져 있는데, 검은 회의의 눈으로 어둡게 생(生)을 바라보아서야 되겠는가. 하늘의 푸르고 나무가 녹색으로 빛날 때에는 희망의 무지개를 펼쳐 아름다운 별을 노래해야 할 것이다.

세상엔 아름다운 시(詩)와 즐거운 노래가 있고, 따뜻한 사랑과 생의 보람이 있다. 긍정적인 마음가짐은 장미를 볼 때 가시보다는 아름다운 꽃과 향기를 보는 것과 같다.

마음 속에 부정적인 사고를 버리고 긍정적인 사고의 안경을 써서 열등감을 가진 사람이라면 자신감으로 바꾸어 생명의 역동감(逆動感)을 느껴야 인생이 밝아 보일 것이다.

그렇게 되면 생활주변의 환경이 따뜻해져 타인과의 인간관계가 화목해지고 즐거운 인생이 될 것이 아닌가.

아집과 교만의 포로가 되고 열등감의 종이 되어 불평과 불만으로 불신의 안경을 끼고 인생을 바라보는 사람은 행복할 수가 없다. 이러한 사고방식과 감정의 습관에서 벗어나 더 너그러운 마음으로 남을 바라보아야 행복해질 것이다. 희망적인 신념을 가지게 되면 노력을 하도록 마음을 독려하게 되고, 그런 사람은 필경 성공을 하게 된다.

마음에 병이 들면 아무것도 할 수 없다. 마음가짐을 밝고 긍정적으로 가지면 몸도 건강해질 것이다.

눈의 시력은 사물을 밝게 보게 하지만, 마음의 안경을 바로 쓰면 인생이 밝아진다. 인생이 행복하기를 원한다면 마음의 안경을 바로 쓰고 긍정적인 사고를 가지고 살아야 되지 않을까 생각한다.

(1996년)

성공의 비결

　누구나 성공하기를 바란다. 성공을 하면 대체적으로 부와 명예와 영광이 따라오게 되고, 그것을 얻게 되면 만족감이 따르기 때문이다. 그러나 성공하는 사람보다도 실패하는 사람이 훨씬 많다.

　그러면 성공의 비결은 무엇이며, 실패의 요인은 무엇일까. 성공에는 세 가지 비결이 있다고 한다.

　첫째는 초지일관하는 자세이다. 먼저 뜻을 세우는 선수입지(先須立志)가 필요하다. 명확한 목표를 세운 다음에 간절한 염원을 품어야 하는데, 그것은 송곳으로 나무를 뚫기 위해서 목표에 온 힘을 집중하는 것과 같다. 한 우물을 파야만 맑은 샘물이 나오고, 구르는 돌에 이끼가 끼지 않는 이치이다.

　나의 장점과 천분(天分)이 무엇인지를 바로 알고, 거기에 맞는 명확한 목표를 세워야 한다. 우리는 일생일념(一生一念) 일생일원(一生一願)

일생일업(一生一業)의 정신으로 한 가지 일에 쉬지 않고 노력하면, 누구나 그 방면에서 타의 추종을 불허하는 제 일인자가 될 수 있다.

일심불란(一心不亂)의 정신으로 십년적공(十年積功)을 하면 누구나 성공할 수 있다. 견인불발(堅忍不拔)은 성공의 가장 중요한 요소다.

인생의 명확한 목표를 세우지 않고 흐르는 세월에 맡긴 채 살다 보면 성공은 요원한 일이 된다. 간절한 염원에서 무서운 힘이 생기는데, 이것을 염력이라 하고, 또 원력(願力)이라고도 하며, 성공을 하려면 그 힘이 강해야 한다.

성공의 두 번째 비결은 자신감이다. 자신은 성공의 가장 중요한 요소로, 할 수 있다는 신념을 가져야 한다. 성공하는 사람은 할 수 있다는 확고한 신념을 가지고 있고, 실패하는 사람은 안 된다는 생각부터 갖는다. 성서에도 네가 믿는 대로 되리라 하지 않았는가.

성공의 길은 저절로 생겨나지 않으니, 험난한 언덕과 시련의 골짜기와 실패의 강을 몇 번이고 지나야 한다.

성공할 수 있다는 자신감을 갖게 되면 아무리 어려운 일이 닥쳐도 좌절하거나 포기하지 않는다.

아프리카를 탐험한 리빙스턴(David Livingstone, 1813~1873)은 "사명감을 갖는 자는 그것을 달성할 때까지는 결코 죽지 않는다"고 하였다. 확고한 자신감과 사명감이 있어서 그는 그 큰 대업을 달성한 것이다.

뜻이 있는 곳에 길이 있다고 한다. '정신일도 하사불성(精神一到 何事不成)' 이라는 신념을 가지고 목표에 용감하게 도전하면 목표는 반드시 달성된다.

성공의 세 번째 비결은 전력투구의 정신이다. 전력투구란 목표를 세우고 최선을 다하는 것이다. 야구 시합을 할 때에 투수는 전력을 다하여 투구한다. 그런 정신으로 자기가 하는 일에 전력투구를 하다 보면, 목표는 이루어지게 마련이다.

그러나 실패한 자들은 그렇지 못하여 실패의 고배를 마실 수밖에 없다. 성공을 하려면 용기가 있어야 하는 것은 물론이고, 정성과 노력을 쏟지 않으면 안 된다. 땀 흘려 노력하는 사람만이 승리하여 성공의 월계관을 쓸 수 있다.

사람은 자기가 심은 대로 거두게 된다. 성공의 세 가지 비결은 명확한 목표 설정이 첫째이고, 둘째는 견인불발의 신념을 갖는 것이며, 셋째는 전력투구의 정신으로 자기 일에 미치는 것이다.

이런 자세로 일하면 누구나 자신이 원하는 대로 성공한 인생을 살 수 있을 것이다.

(1998년 3월)

무실역행과 운명론의 극복

고대엔 운명론이 인간의 의식을 지배하고 있었고, 근대에 오면서 운명론적 철학은 약해지고 있다.

운명론은 인간의 의지를 초월한 어떤 절대적인 힘이 우리의 길흉화복(吉凶禍福)을 지배하고 있다고 믿는 것이다. 인간의 노력으로는 이것을 변경시킬 수 없다고 생각했는데 이러한 사고방식과 철학을 운명론이라고 한다.

고대 희랍인의 운명적 비극, 그리고 중국의 천명설(天命說)과 인도의 카르마사상 등은 모두 운명론에 속한다.

그러나 근대로 올수록 사람들은 운명론적 철학이나 사상을 거부하여 운명론은 점차 퇴색되어 갔다.

의식의 근대화(近代化)란 무엇인가. 근대적인 의식 구조는 어떤 특색을 갖는가. 나는 자주성과 적극성을 갖게 되므로 해서 인간은 자유로운 주체적 존재가 된다고 생각한다.

스스로 선택한 일을 계획하고 행동을 한다면 내 운명의 창조자는 나 자신이 아니겠는가.

인간은 과학의 기초 위에서 기술과 기계의 문명을 창조하여 자연을 정복하고 자연을 지배했다. 그리고 사회의 조직과 궤도를 개혁하고 산업혁명을 일으켜 물질적 부를 일구어냈다.

이런 경험이 사람들로 하여금 적극적이고 능동적인 자신감과 주체 의식을 갖게 하였다. 현대에 이르면서 운명론은 점점 퇴색해 가고 자주의식이 강해진 것이다.

그런데 한국인의 의식구조의 심층(深層)에는 아직도 운명론적 사고 방식이 짙게 깔려 있는 것을 볼 수 있다. 사주팔자(四柱八字)를 중시하고 관상을 보고 점을 친다.

천운(天運)과 시운(時運)을 강조하고 운명론에 휩쓸리기도 한다. 지성인이라고 자처하는 이름 있는 학자들의 경우에도 그런 경향이 없지 않다.

세계에 웅비(雄飛)하는 국민이 되고 위대한 역사를 창조하는 민족이 되려면 의식과 사고(思考)의 전환이 필요하다. 운명론적이고 의타적인 생각을 버리고 자주적이며 노력하는 인생관을 가져야 할 것이다.

내가 나를 강화시키는 자강(自强)과 쉬지 않고 노력하여 불식(不息)하는 국민이 되어야 한다.

운명론자는 노력을 게을리 하고, 체념을 일삼고 책임을 타인에게 전가한다. 그런 사람은 매사에 열의가 없고, 창의가 부족한 무사 안일에 빠져 세월을 보내게 된다.

사람의 성격은 때로 그 사람의 운명을 지배하기도 하는데, 그래서 운명은 성격의 산물이라고 할 수도 있다. 사고가 바뀌면 행동이 바뀌지고, 행동은 습관을 바꾸어 성격과 운명을 스스로 개척할 수 있는 사람을 만든다.

행복한 운명을 원하면 모름지기 훌륭한 성격을 지녀야 하지 않겠는가.

운명을 극복하기 위해서는 어떤 태도를 취하는 것이 좋을까.

첫째는 주인정신(主人精神)을 갖는 것이다. 나는 내 운명의 정신이다. 인생의 주인이며 민족의 주인이라는 투철한 자각과 강한 의지를 가져야 운명의 사슬에서 놓여 날 수 있다.

둘째는 무실역행(務實力行)의 정신이다. 율곡 선생은 선조 임금에게 올리는 상소문에서 무실역행의 사상을 강조했다. 우리 국민이 건전한 국민이 되고, 우리나라가 부강한 나라가 되려면 무실역행을 해야 한다고 하였다.

그리고 도산 안창호 선생도 그 사상을 역설했다. 무실의 반대는 속이지 않는 것이요, 역행은 놀지 않는 것이다. 진실하고 착실하고 실력을 기르기에 힘쓰는 것이 무실이다.

헛된 소리를 거두고 실천하고 행동하는 것이 역행이다. 허장성세(虛張聲勢)와 공리공론(空理空論)으로는 아무것도 되는 것이 없다. 무실역행이 우리 국민의 기본 철학이 되고 기본 신조가 되어야 한다. 자기가 자기를 비하(卑下)하고 스스로를 모멸하는 부정적 자아 개념에서는 절대로 강한 신념이나 힘이 생기지 않는다.

적극적으로 자아관을 가질 때 자중자애(自重自愛)하면서 자강불식의 노력을 하고, 하면 된다는 확고부동한 신념을 갖는다. 목표를 위해서 노력하는 생명만이 고귀하고, 헌신하는 사람이 존귀하다고 생각한다.

세상에는 생명(生命)과 사명(使命)의 만남처럼 중요한 것이 없다. 산다는 것은 높은 이상을 위하여 헌신하는 것이다.

강한 주인정신과 무실역행의 사상과 적극적 자신감을 가지고 살아갈 때 비로소 운명의 씩씩한 개척자가 될 수 있고, 위대한 한국인이 될 수 있다.

(2000년)

강(强), 정(正), 화(和)

첫 단추를 잘못 끼우면 마지막 단추는 끼울 구멍이 없어지고 옷매무새는 어긋나게 된다. 그래서 어떤 일을 시작할 때는 첫 단추를 잘 끼워야 한다는 말이 있다.

요즈음 세상 돌아가는 걸 보면 대난국이고, 역사적으로도 큰 시련을 겪고 있다. 아직 민주화가 완전히 이루어지지도 못했는데, 사회정의는 기강이 해이해져 여기저기서 집단 이기주의의 목소리만 높아가고 있다.

게다가 주택가 인근에는 퇴폐업소가 들어서고 사람들의 정신이 황폐해져만 가니, 따라서 자식 키우는 부모들의 걱정도 늘어만 간다.

우리나라는 특수한 상황으로 남과 북으로 갈라져, 서로 만나지 못하고 있는 이산가족들이 있는데, 그들의 고통을 생각하더라고 민족통일은 꼭 이루어져야 할 일이다. 또한 국제 사회에서 공신력을 높여야 힘 있는 나라가 될 것이며, 세계 각국에 살고 있는 우리나라 교민의 지위가 높아지고 인정을 받을 수 있을 것이 아닌가.

나라와 민족은 역사 위에서 만들어지고 역사 속으로 사라지게 된다. 그러므로 어느 누구도 역사에서 도피할 수 없다. 역사의 논리와 법칙은 냉엄하고, 추상열일(秋霜烈日)처럼 준엄하다. 역사의 사대명제(四大命題)를 제시해 보면, 역사는 투쟁이며 심판이고, 창조가 있으며 교훈이 있어야 한다. 역사에는 우승열패(優勝劣敗)와 약육강식(弱肉强食)의 긴박한 역학(力學) 법칙이 지배한다. 그런가 하면 역사에는 정의의 준엄한 심판이 엄존한다.

반면에 역사는 민족의 자아실현과 가치창조의 보람찬 무대가 되기도 한다. 역사를 드라마로 펼쳐 놓으면 국가와 민족의 흥망성쇠의 일대기가 되는데, 역사 드라마는 현대인에게 반면교사가 되어 교훈을 주기도 한다. 그래서 동양의 선철(先哲)은 역사는 현재를 비추는 거울이라고 하지 않았던가.

역사에서 교훈을 배울 줄 모른다면 역사의 과오를 되풀이할 수밖에 없다. 과오를 되풀이하는 것은 한 나라의 민족으로서 어리석은 일인 동시에 부끄러운 일이다.

지금 우리에게 중요한 역사적 교훈이나 지혜는 강(强), 정(正), 화(和)라고 생각하는데, 국가를 위해서는 강한 힘이 필요하고, 민족의 기강을 위해서 정의의 원리가 필요하고, 자유와 민주화를 위해서 화합의 지혜가 요구되기 때문이다.

특히 국제사회에는 냉엄한 힘의 원리가 작용하여 밀림사회(密林社會)

를 방불케 하여 죽느냐 사느냐, 먹느냐 먹히느냐의 무서운 힘의 투쟁이 전개된다. 국가 안보는 나라가 흥하느냐 망하느냐, 민족이 사느냐 죽느냐의 심각한 문제다. 내분(內分)은 외침(外侵)을 불러오고, 혼란은 전쟁을 유발하게 된다. 국가란 민족을 안전하고 튼튼하게 지켜주는 집이라고 할 수 있다. 국가는 어느 한 정치가나 어느 한 계급사회 또는 한 정당의 사적 소유물이 아니고, 국민의 공유물이다.

우리는 대한민국이라는 큰 배에 몸을 실은 민족의 운명공동체이기에 그 배가 난파하지 않도록 국민 개개인이 노력하지 않으면 안 된다. 나라를 지키는 것은 국민의 첫째 의무이니, 다른 나라로부터 국가의 자존을 지킬 수 있는 힘과 용기가 있어야 할 것이다. 이것은 국제사회를 살아가는 민족의 생존권이다.

그리고 어느 민족이건 제 나라를 정의로운 국가가 되도록 힘써야 할 것이다. 정의의 근간 위에 튼튼히 서는 나라가 부강한 나라가 될 수 있으니, 통치자들이 할 일은 바로 나라를 정도 위에 세우는 일이요, 사회정의의 실현이다.

로마는 외침에 의해서 멸망한 것이 아니라, 국민의 도덕적 부패와 정신적 타락 때문에 망했다고 볼 수 있다. 부정과 부패가 로마 천년 제국을 무너뜨린 것이다.

"상정하정(上淨下淨)이요, 상탁하탁(上濁下濁)이니", 윗물이 맑아야 아랫물이 맑고, 윗물이 흐리면 아랫물도 흐리게 된다. 그래서 나라의 지도층 인사들은 양심이 맑고 공의 관념이 강하고 인격이 고결해야 한다는 것이다.

의를 먼저 생각하고 사보다 공을 앞세우며 물러갈 때에는 깨끗이 물러갈 줄을 아는 것이 지도자가 지켜야 할 수칙이다. 사회 기강을 바로잡고 민족정기를 확립하고 신의 국풍을 진작시키는 일은 나라의 흥망을 좌우하고 민족의 운명을 결정하는 근본인데 그러한 지도자가 과연 몇이나 될는지.

사회에는 여러 집단과 세력이 있다. 정치권에는 여당과 야당도 있고 군인도 있으며, 학생과 농부가 있는가 하면 기업인도 있고 근로자도 있다. 그리고 각 집단이 저마다 이해관계가 다르고 사고방식이 틀리고 가치관도 천차만별이다.

자기 주장과 행동만이 옳다고 하는 아집과 독선을 버려야만, 물리적 힘이 지배하는 사회에서 벗어날 수 있을 것이다. 서로 대결하면서 불신하고 협동하지 않으면 양쪽이 모두 아무것도 이룰 수 없다. 어린 묘목이 거센 비바람을 이기고 성장하여 큰 나무가 되는 것이니 처음부터 우람한 거목이 될 수는 없는 이치이다.

사회 구성원은 서로 인내하면서 대화로 어려운 문제를 풀어가기도 하고, 신뢰로 협동하면 우리 사회의 이상은 달성될 것이라 믿는다. 그러므로 강(强)과 정(正)과 화(和), 이 3대 원리를 사회 불변의 지표로 삼으면 국가와 민족은 바로 서게 되지 않을까 생각해 본다.

나라가 튼튼해야 국제사회에서 국민의 위상도 높아지고 당당한 힘을 발휘할 수 있을 것이다.

(1999년)

7부

세 여인

세 여인

　나는 가끔 죽음에 대해서 깊이 생각해 볼 때가 있다. 철학자들은 죽음을 인생의 영원한 명제로 삼고, 인류의 역사 이래 끊임없이 연구하고 있다. 앞으로도 죽음은 철학뿐 아니라 모든 학문의 근본적 주제가 될 것이다.

　종교에서는 죽음을 권선징악의 수단으로 삼아 연옥과 지옥 그리고 극락을 설정하여 놓고, 사람들에게 인간답게 살기를 권면한다.

　죽음은 누구에게나 두려움의 대상이기 때문에 죽음을 미화하여 표현하기도 한다. 나는 진리와 정의가 실현된 사회가 극락이며, 사랑의 실천이 곧 천국이란 생각이다.

　실존철학에서는 한계상황이 죽음이라 말하는데 한계상황이란 인생의 힘으로는 도저히 넘을 수 없는 벽을 의미한다.

　사람의 일생은 누구든 죽은 후에야 올바른 평가를 받게 된다. 나는 가끔 20세기에 거룩하고 아름다운 삶을 살다간 세 여인을 생각할 때가 있다.

그 중에 한 사람은 에비타인데 축구로 더 잘 알려진 아르헨티나 사람이다.

에비타는 현대판 신데렐라로 불리어지기도 하지만, 소외된 사람들에게는 구원의 여인이기도 하다. 불꽃 같은 삶을 살다 33세의 나이로 숨지면서 아르헨티나 민중의 가슴에 우상처럼 깊이 새겨진 이름이다. 에비타는 초등학교 교육밖에 못 받은 빈민가 출신으로 창녀생활을 한 적도 있는 여인이다.

청순하고 아름다운 용모에 총명한 에비타는 노력 끝에 라디오 방송국의 연극배우가 되었다. 그가 방송국에 있을 때 아르헨티나에 큰 지진이 발생한 적이 있었다. 방송국에서 피해자 돕기 기금 모금파티를 열었는데, 이 파티 석상에서 에비타는 후안 페론을 만나게 되었다.

그 당시 페론은 노동장관으로, 노동자를 정치적으로 포용하는 데 적극적이었다.

1945년 10월 페론이 정치적 이유로 구속되자 그의 석방을 요구하는 민중시위가 일어났다. 에비타는 방송을 통해 대중에게 궐기할 것을 호소했고, 이것이 큰 효과를 거두어 페론은 풀려나게 되었다.

페론이 대통령이 된 후에 결혼을 한 에비타는 빈민가 출신의 신분이 수직상승하며 서민 대중의 우상이 되었다. 정상의 자리에서 그녀는 에바 페론 재단을 창설하여 어려운 여성을 지원하는 등 가난한 사람을 돕는 데 앞장섰다.

병이 깊은 상태에서도 그녀는 서민의 편에 서서 관료나 자본가들과 결연히 싸우는 모습을 숨질 때까지 보여주었다. 사람은 자동적으로 자기의 허물을 은폐하기 쉬운데, 에비타는 자기의 근본을 잊지 않고 짧은 일생 동안 가난한 노동자들의 친구가 되어 아침 이슬같이 영롱한 삶을 살다 간 것이다.

그리고 또 한 사람의 아름다운 여인은 영국의 왕세자빈이었던 다이애나이다.

그녀는 귀족 집안에서 태어나 부모의 이혼으로 외로움 속에 자라 수줍은 성격과 내성적인 소녀 시절을 보냈으며, 결혼 전에는 유치원 보모였다.

다이애나는 왕실의 세자빈으로 미모와 덕을 갖추었고 가장 중요한 왕실의 대를 이을 왕세손을 낳았다.

가난하고 소외된 사람들에게 관심을 갖고, 병든 자와 집 없는 자 그리고 에이즈 환자들을 돌보았다. 그리고 세계 곳곳을 다니며 살상무기인 대인지뢰 철폐 운동을 하기도 하였다.

한 나라의 왕세자빈으로서 염문을 일으켜 그 이름과 반대되는 정절이 없는 여성으로 뉴스에 오르내리기도 하였다. 동양인의 정신 속에 흐르는 정서는 공맹사상과 유교적 전통으로 성을 퇴폐적 문화로 여겨왔다.

그러나 서양인의 정서는 성을 실존적, 즉 있는 그대로 보기 때문에 동서양의 평가가 조금씩 다르다.

다이애나는 짧은 생애 동안 극적인 삶을 살며, 연인과 함께 비극적인 죽음을 맞이하여 더욱 알려지게 되었다. 어찌 보면 다이애나의 죽음은 찰스왕세자와 불행한 결혼생활을 하는 것보다 행복하고 아름다운 죽음이었을지도 모른다.

평소에 소외된 인생들을 위해 인정을 베풀었으니, 그의 이름은 영원할 것이다.

20세기에 잊을 수 없는 또 한 사람의 여인은 테레사 수녀이다. 마더라고 불리어지기도 하고, 성자라고 하기도 하고, 천사로 불리어지던 테레사 수녀는 거룩하고 참된 인류의 실천적인 성인이다.

빈손으로 와서 빈손으로 가는 것이 아니라, 아무것도 가진 것 없이도 산 같은 덕과 바다 같은 사랑을 실천적으로 가르쳐 준 인류의 스승이다.

한국인 인도인 미국인 아프리카인 구별 없이 국경을 초월하여, 이 세상의 모든 종파의 벽을 허물어 버린 인류의 어머니이기도 하다.

테레사는 19세에 조국 마케도니아를 떠나 캘커타의 성 마리아여고에서 지리교사를 지냈고, 20년 후에는 캘커타의 빈민가에서 사랑의 선교회를 설립하여, 인류에게 평생을 사랑과 봉사 헌신과 무소유의 삶을 실천한 성자이다.

그녀의 일생은 황금만능과 물신주의로 병들고 타락한 20세기를 구원하려던 촛불이었다.

테레사 수녀는 가난과 소외 그리고 고통 받는 우리 이웃을 위해, 내가 무엇을 해야 할지를 말없이 가르쳐 주고 있으며, 우리 모두의 마음속에 사랑의 불씨를 뿌리고 갔다. 그래서 그녀는 죽지 않고 영생할 것이며, 이 세상에 있는 동안 많은 수고를 하였으니, 그의 신앙대로 천부의 품안에서 안주할 것이다.

나는 이 세상의 어두운 곳을 없게 할 수 있다고 생각한다. 어두운 곳이 있다면 빛을 전하는 이가 없기 때문일 것이다.

종교보다 거룩하고 예술보다 아름다운 생애를 살다가 떠난 에비타, 다이애나, 테레사, 그 세 여성들처럼 나는 큰 빛을 전하지는 못한다.

그저 잠시 지구상에 머무르는 길손과 같은 존재일 뿐이지만, 여름 밤 들녘의 반딧불이처럼 작은 불빛이라도 되어 세상을 향해 비추고 싶은 것이 나의 소망이다.

(『수필춘추』 1999년 여름호)

고구려인의 자유연애

9월이 되면서부터 한낮엔 아직 더위가 가시지 않았으나 아침 저녁엔 제법 선선해졌다.

책 읽기에는 더없이 쾌적한 날씨여서 서재에 들어앉아 책 읽는 시간이 많아졌다.

오래 전부터 역사 연구에 관심을 가졌던 나는 자연히 역사책을 많이 읽게 된다. 세상의 모든 예술품들이 사랑을 바탕으로 한 것들이 많지만, 역사적 사실도 사랑으로 인하여 이루어지고 또한 스러지는 일들이 허다하다.

우리의 고전 중에 사랑 얘기라면 춘향전을 꼽을 수 있을 것이다. 춘향전은 영화나 드라마로 계속 만들어지면서도 언제나 대중의 사랑을 받고 있는 이야기이다.

고구려 시대에도 춘향전에 버금갈 만큼 아름다운 사랑이 있었는데,

호동왕자와 낙랑공주의 사랑 이야기도 있고, 온달과 평강공주의 이야기도 있다.

그리고 '안장왕' 과 '한주' 의 사랑 이야기는 춘향전의 원형이라 할 만하다.

한강 유역에 위치한 현재의 고양시 지역은 고구려시대의 중요한 군사적 요충지였다. 백제가 이곳을 차지하고 있던 시절, 그 고을에 한주라는 미색이 출중한 처녀가 있었다.

화창한 봄날 한주는 산책을 나갔다가 한 젊은이를 만나게 되었다. 젊은이는 한주의 미모에 반하여 사랑을 고백하였고, 한주도 준수하고 늠름한 청년의 모습에 끌리었다.

그 젊은이는 고구려의 '흥안태자' 로 한강 유역을 백제에게 빼앗기게 되자, 다시 찾기 위해 이곳에 몰래 들어와 정탐을 하던 중이었다. 정탐을 마친 흥안태자는 한강 유역을 되찾기 위해 고구려로 돌아가면서, 한주에게 다시 데리러 오겠다고 약속을 하였다.

그리고 태자는 얼마 후 고구려 제22대 안장왕에 오른다. 왕은 한주에게 약속한 대로 여러 차례 군사를 동원하여 백제를 공격하지만 번번이 실패하여 한주의 마음을 안타깝게 하였다.

그러던 중에 한주의 미모를 알게 된 이 지방 태수가 청혼을 해 왔다. 장래를 약속한 사람이 있다며 청혼을 거절하는 한주를, 태수는 적의 첩자와 내통했다는 누명을 씌워 옥에 가두었다.

이 소식을 전해들은 안장왕은 큰 상을 내걸고, 한강 유역을 회복하고 한주를 구해 오도록 명령하였다. 왕의 동생인 안학공주를 사모하던 장수 '을밀' 이, 한강을 되찾고 한주를 구해 올 것이니 공주와 결혼하게 해달라고 요청하였다.

왕의 허락을 받은 '을밀' 은 이십여 명의 부하들과 무기를 감추고 광대놀이패로 변장하고 백제로 잠입해 들어갔다.

옥에 갇힌 한주는 안장왕에 대한 일편단심을 태수에게 말했지만, 태수는 생일잔치에 한주를 끌어내어 다시 청혼하였다. 한주가 완강히 거절하자 태수는 한주를 죽이라는 명령을 내린다.

바로 그때 광대놀이패로 가장하고 잠입한 을밀 장군과 그의 부하들은 감추었던 무기를 꺼내어 백제 군사를 물리치고 한주를 구했다.

국경에 주둔하고 있던 안장왕은 이 소식을 듣고, 한주를 빨리 만나보고 싶었다. 을밀 장군에게 구출된 한주도 빨리 안장왕을 만나고 싶어 고봉산에 올라가 봉화를 밝혔다. 마침내 안장왕과 한주는 다시 만나게 되고 한주는 고구려로 가 왕비가 되었다. 한주를 구출한 을밀도 안학공주와 결혼을 하게 되었다.

고봉산의 유래가 된 이 이야기는 고려시대 김부식이 《삼국사기》에 기록해 놓은 이야기이며, 우리가 잘 알고 있는 춘향전과 마찬가지로 애틋하고 진한 사랑이 담겨 있다.

단재 신채호도 《조선상고사》에 안장왕과 한주 미녀의 이야기를 기록해 두었는데, 포은 정몽주가 지은 것으로 잘 알려진 〈단심가〉를 단재는 백제 태수 앞에서 한주가 읊은 것이라고 적어 놓았다.

그리고 을밀 장군도 평양에 남아 있는 을밀대의 전설로 남아 지금까지 전해지고 있는데, 평양성 내성 북쪽의 장대로 세워진 정자인 을

밀대는, 봄의 경치가 특히 아름다워 을밀대의 봄놀이는 평양 팔경의 하나로 꼽힌다.

삼국이 치열한 다툼을 벌였지만 그 다툼도 남녀간의 아름다운 사랑을 막을 수는 없었던 모양이다. 사랑을 이렇다 하고 딱 꼬집어 정의 내릴 수는 없으나, 귀하고 아름다운 것임에는 아무도 부인할 수 없을 것이다.

사랑이란 시대도 초월하고 국경도 초월하며, 인간의 내면세계를 지배하는 사상까지도 초월하게 되는 것은 예나 지금이나 마찬가지였던가 보다.

사랑의 힘은 모든 것을 초월하여 결국 승리하고야 만다.

(『한국수필』 1998년 11 · 12월호)

영릉 참배

얼마 전에 나는 세종대왕의 능인 영릉엘 다녀왔다. 평일인데도 영릉에는 참배를 온 사람들이 많은 것을 보며, 위대한 치적은 남긴 우리 민족 최고의 성군이었음을 다시 한 번 생각할 수 있었다.

세종대왕릉은 원래 현인릉 근처에 있었으나, 후에 지금의 여주 자리로 옮겨 와 소헌왕후와 합장하였다. 나는 정자각에서 향을 사르고는 세종대왕의 능에 올라가 다시 참배를 하였다.

세종대왕은 조선조 태조 6년에 정안대군 방원과, 민씨 부인 사이에 셋째 아들로 태어났다. 아명은 '도'이며 충녕대군에 책봉되었는데, 태종은 셋째 아들인 충녕을 왕위에 올렸다.

세종대왕은 인재를 등용하는 데도 편견 없이 두루 불러들였는데, 충녕대군을 세자로 책봉하는 것을 반대했던 '이직'과 '황희'를 유배지에서 불러들여 다시 등용하기도 하였다. 개인적인 감정을 제하고 자신의 왕위 계승을 반대하던 사람들이라도 훌륭한 인재라면 서슴없이 등용시킨 성군이었다.

세종대왕의 업적을 찾아보면 한글을 창제하고 측우기, 혼천의, 해시계 등을 발명하여 제작한 일과 아악을 정립한 일 등이 있다. 그리고 북방의 야인을 정벌하고 압록강가에는 사군을, 두만강가에는 육진을 개설하여 영토를 확장한 일, 일본 대마도를 정벌하여 국방을 굳건히 한 것은 세종이 국방에도 소홀하지 않은 것을 보여주는 일이다.

그러면서도 학문을 숭상하여 집현전 학사들인 성삼문, 박팽년 등의 학자들에게 사가독서하게 하여 마음 놓고 학문을 연구하게 하였다. 특히 성삼문을 중국 명나라에 열세 번에 걸쳐 보내 설한풍 몰아치는 황량한 들판과 강을 건너가 음운 연구를 위해 노력하였다.

그러한 사실은 임금과 신하가 서로 믿음과 충성으로 맺어졌음을 보여주는 것이다.

월인천강지곡을 비롯한 용비어천가, 농사직설, 삼강행실도 등 수많은 책을 발간하여, 학문 발전과 백성들 실생활에 도움을 주기도 하였으니, 그로 인하여 지금까지도 세종대왕의 은혜를 입지 않은 사람이 없을 것이다.

백성들을 사랑하여 국민 생활에 도움이 되는 정사를 펼치느라 피부병 등 여러 질병에 시달리기도 한 세종대왕은 전제주의 국가의 임금으로서 민주적인 사상과 실천으로 백성을 이끈 성군이었다.

그 결과 장영실, 박연과 같은 천민 출신을 등용하여 백성들의 실생활에 도움의 되는 과학 기구를 발명하고 제작하게 하였다. 세종대왕의 훈민정음 창제를 비롯한 수많은 치적을 생각하며 지금도 그런 통치자가 절실히 필요한 것을 절감한다.

세종대왕은 훈민정음을 창제할 때 '비오리'라는 여악에게 발성을 하게 하여, 월인천강지곡을 완성하였다. 그러는 중에 정이 든 세종대왕은 '비오리'에게 궁인이 되라고 하였으나 거절하는 그녀를 이해하고 별감과 혼인하게 하고 사패지를 내주었다.

이런 것을 보더라도 세종은 사랑하는 마음도 순수하게 하여, 꽃은 멀리서 바라보아야 더 아름답다는 것을 일깨워 준다.

나는 영릉 혼유석 앞에서 묵상하며, 세종의 혼령에게 월인천강지곡과 같이 천강에 빛이 되는 민족이 되게 하소서, 하고 기도를 하였다. 묵상을 끝내고 고개를 드니 경내의 소나무가 바람결에 춤을 추듯 흔들거린다.

참배를 마치고 내려오는데 다람쥐 한 마리가 내 뒤를 따라오고 있었다. 제가 살고 있는 곳 주인에게 기도하는 소리를 들었을까. 정문 앞에 이르자 다람쥐는 돌아서 어디론가 사라져 버렸다.

나는 다음 기회에 다시 한 번 찾아오리라 생각하며, 숙연한 마음으로 영릉을 뒤로 하고 돌아섰다.

(1997년)

백범과 그의 어머니

백범(白凡) 김구 선생의 안타까운 죽음을 생각하면, 내가 죽어 그를 살릴 수 있다면, 하는 부질없는 생각을 하게 된다. 백범에 대해서 깊이 생각할 줄 아는 젊은이가 요즘엔 얼마나 될까. 백범은 우리 민족에게는 없어서는 안 될 소중한 지도자였다.

광복 후 나라가 불안정한 시대였던 때, 이념의 대립과 정치적 갈등은 반민족(反民族)적인 사람과 애국적인 사람으로 구분해 놓았다. 그 와중에 백범은 정치와 이념의 희생자였다.

위인이나 훌륭한 인물의 뒤에는 어머니의 희생과 사랑이 있게 마련인데, 김구 선생의 어머니도 예외는 아니었다. 평범한 촌 아낙인 선생의 어머니 곽낙원(郭樂園)은 황해도 출신의 여인이었다.

백범의 어머니는 배운 것 없이 일자무식이었으나 아들의 큰 뜻에 자신을 바친 큰 여인이다. 감옥으로 아들을 보러 가서는 어머니 뵐 면

목이 없어 마음 아파하는 백범에게 "나는 네가 경기감사를 하는 것보다 더 기쁘다"고 간수 앞에서 당당하게 말하기도 하였다.

훨씬 뒤 백범이 임시정부(臨時政府) 주석(主席)으로 낙양군관학교를 설립하고 난 1934년 그의 어머니는 손자 인(仁)과 신(信)을 데리고 9년 만에 김구를 찾아갔다.

독립운동을 하는 아들로 인해 곽씨 부인은 일제의 헌병에게 몹시 시달림을 당하다 못해 망명하듯 아들을 찾아온 것이다.

오랜만에 아들을 보면서 그의 어머니는 눈물을 보이지 않았다. 그리고 그곳에 온 후부터는 아들에게 '해라' 체의 말을 쓰지 않고 '하게'를 사용하였다. 나라를 위해서 군관학교를 세운 아들이 자랑스러운 그의 어머니는 체면을 보아 큰 잘못이 있어도 종아리를 치지 않겠다고 했다니, 그때까지도 아들을 엄하게 다스리던 분이었다.

그 어머니는 그에게는 큰 스승이었던 것이다. 산골에만 살던 여인의 몸으로 몇 천 리 길을 나선 그의 어머니는 여장부와 같았다. 그녀는 아들의 파란만장한 일생을 함께한 여인이다.

백범은 1876년 황해도 해주에서 아버지 김순영(金順永)과 어머니 곽낙원의 외아들로 태어났다. 아버지는 술 취한 날이면 그 지방 양반 세력에게 주먹을 휘둘러 감옥을 드나들기 일쑤였다. 이런 남편과 살아온 곽씨는 아들에게 술을 먹으면 자살하겠다고까지 하였다.

김구는 동학(東學)에 입도하여 해월(海月) 최시형을 만나게 된다. 그후 동학혁명군의 지역 선봉장이 되어 해주성을 공략하였으며, 해서(海西)의 유학자(儒學者) 고능선(高能善)의 가르침을 받고 압록강을 건너가

의병장(義兵將)이 된다. 그러다가 안악 치하포에서 왜놈의 첩자를 죽인 후 체포되어 사형수로 인천 감리영(監理營)에 투옥되어 있다가 고종황제의 특사로 사형이 면제되지만 탈옥하였다.

방랑길에 중이 되기도 하고 결혼 2년만에 아내를 잃고 기독교에 귀의하기도 하였다. 그리고는 안중근 의사 사건에 연좌되어 해주 감옥에 갇혔다가 돌아와서 105인 사건으로 서울형무소에서 17년형을 받고 7년 형기를 마치고 가출옥(假出獄)했다.

그 후에는 농촌 계몽운동을 하다가 3.1운동이 일어나자 상해로 망명하여 상해임정에 참가한다. 아들이 이러기까지 어머니 곽씨는 남편의 술버릇에 시달리고 아들의 독립운동의 풍파에 휩쓸리게 된다. 백범이 인천감영에 있을 때는 식모살이를 하며 아들의 옥바라지를 하기도 하였다.

백범이 사형수로 있을 때나 탈옥할 때 등, 어떤 어려운 일이 부딪쳐도 그의 어머니는 절망하지 않았다. 아니 절망하였더라도 아들에게는 그런 내색을 하지 않았다.

그가 임시정부의 어려운 살림을 떠맡아서 정치적 폭력과 무장운동(武裝運動)을 현실화시킨 지도 능력은 그의 아버지의 성품에서 연유한 것이며, 그의 탁월하고 굽힐 줄 모르는 기상과 민중을 사랑하는 정의의 힘은 어머니의 심성을 이어받은 것이다.

그의 어머니 곽씨 부인은 남편 김순영이 몸을 가눌 수 없을 정도로 큰 병에 걸리자 문전걸식을 하며 명의(名醫)를 찾아다녀 그의 병을 어느 정도 낫게 하였다. 김순영 김구 부자한테는 없어서는 안 될 운명의 여인이었던 것이다.

한 번은 어머니 생신날에 음식을 차리려고 김구의 젊은 동지들이 돈을 거뒀다. 이 사실을 알아챈 곽씨 부인은 자신이 먹고 싶은 것을 장만하겠다고 돈을 달라고 하였다. 생일날이 되자 그녀는 아들과 동지들 앞에 그 돈으로 산 단총(短銃) 두 자루를 내놓았다.

중국 대륙 광서(光西)지방의 객지에서 80대의 할머니가 된 그녀는 몸져 눕게 되었다. 오직 조국의 광복에 온 힘을 기울여 오던 김구는, 한 번도 어머니를 편히 모시지 못하였다. 병중에 유주(幽州)에서 중경(重慶)으로 온 그의 어머니의 노환은 좀체 회복되지 않았다. 그리고 1940년 곽낙원 부인은 82세의 일기로 낯선 땅 오지(奧地)에서 세상을 떠나면서, 나라의 독립을 보지 못하고 죽는 것이 원통하다고 하였다.

시골 아낙으로 이 세상에 태어나 아무것도 누리지 못하고, 남편과 아들의 뒷바라지에 몸과 마음을 다 바치고 간 것이다. 그런 김구가 해방된 조국에 돌아와 그 당시의 집권세력의 끄나풀이었던 안두희의 총에 맞아 1949년 7월 5일 쓰러지고 말았다. 백범의 장례식 날 전국은 울음바다였다.

그는 다시는 찾아볼 수 없는 애국자이며 국민들의 구심점이었다. 백범 김구의 어머니 곽낙원 여사의 뜻이 이어져 백범과 같이 훌륭한 지도자를 낳아 훈육시킬 수 있는 어머니상이 오늘날 더욱 더 필요한 때이다. 백범은 영원히 민족의 이름으로 이 나라와 민족의 가슴에 살아 있을 것이다.

(1999년)

희망

세상과의 부조화로 인해 가슴앓이를 하던 시절, 키에르케고르의 《죽음에 이르는 병》을 읽다가 정신이 번쩍 드는 한 구절을 만났다.

절망이 청년기에만 오는 것이라는 생각은 다른 의미에서, 또 하나의 절망이라는 구절이었다.

회오리바람에 휩쓸리듯 역사의 전환점에서 공직생활을 떠나야 했던 때, 앞날에 대하여 다소 불안한 마음으로 세상 고통을 혼자 다 짊어진 것처럼 절망에 빠져 있었다. 그때 그 글을 읽고 나는 위안을 받고 새로운 힘을 얻었다.

키에르케고르는, 절망은 누구나 겪을 수 있는 보편적인 것이지, 특별히 청년 시절에만 주어지는 것이 아니라고 하였다. 인간이라면 한번쯤은 불안과 초조에 힘겨워하기도 하고, 때로는 고독에 젖어들 때도 있다. 또는 병에 걸려 죽음을 넘나들기도 하니 인생이 어디 그렇게 수월할 수가 있겠는가.

키에르케고르 자신도 그런 절망 속에서 헤어 나온 일이 있는 철학자이다. 키에르케고르의 아버지는 첫 번째 아내가 죽은 후에 전부터 사랑하던 하녀와 결혼을 하였는데, 그는 그 하녀가 낳은 아들이었다. 그는 청년이 되었을 때 자신의 출생의 비밀을 알게 되자, 자신의 삶이 대지진을 당한 것 같다고 하며 삶이 그에게는 축복이 아니고 저주를 받은 것이라고 생각하였다.

그는 그 일이 감당할 수 없는 형벌이라고까지 하였다. 그리고는 그 충격에 사랑하는 약혼자와도 파혼을 하고 평생을 독신으로 지냈다. 그러나 그는 언제까지 절망에 빠져 있지 않고, 고독과 불안을 떨치고 일어섰다. 그리고는 절망은 인간성을 상실하게 할 뿐이니, 인간성의 회복을 위해서라도 절망에 당당히 맞서야 한다고 하였다.

생물학자들이 말하길 인간의 몸에는 신비한 힘이 있다고 하였다. 수억 개의 정자 중에서 하나만이 경쟁에서 이겨 생명에 도달할 수 있으니, 사람이 태어나는 것 자체부터가 신비한 일이라고 밖에는 표현할 말이 달리 없다. 그리고 한 생명이 모태에서 태어나 어른으로 성장하기까지, 많은 사람들의 보살핌과 애정이 있어야 하고 사회의 관심이 필요하다.

한 생명이 완전한 인간으로 성장하기까지는 끝없는 부모의 사랑과 숱한 보호의 손길이 있어야 하는데, 절망으로 인간성을 상실한다는 것은 정성으로 키워 준 많은 사람들을 배반하는 것과 다름없다.

신은 견딜 수 있을 만큼의 고통만을 준다고 한다. 사람의 몸에는 고통을 이겨낼 수 있는 신비한 힘이 있다는 것이다. 나는 절망을 이길 수 있는 신비의 묘약이 희망일 것이라고 생각한다.

통나무집에 살며 글씨를 쓸 종이조차 없었던 링컨은, 가난 속에서도 희망을 잃지 않고 미국의 제16대 대통령이 되었다. 불우한 어린 시절을 이겨낸 위인들도 있고, 세계적인 기업을 일으킨 부자들 중에도 가난했던 사람들이 얼마든지 있다.

희망은 눈에 보이는 주변 환경이나 조건에 상관없이 마음 속에 들어 있다. 미래를 향한 기대와 바람이 삶을 이끄는 원동력이 된다면 희망은 사람이 지녀야 할 필수 조건이다.

백만장자라도 절망할 수 있다. 돈만이 희망의 조건은 아니기 때문이다. 성공한 사람을 만드는 것은 환경이나 지식도 아니고, 어떤 조건이나 운명도 아니다. 개개인이 지닌 미래에 대한 희망과, 그것을 이루려는 노력이 만들어 내는 것이다.

앞날이 암울하고 희망이 없는 사람은 죽은 것이나 다름없다고 할 수 있는데, 그것을 입증할 수 있는 얘기가 하나 있다.

사형선고를 받은 사형수가 있었다. 사형 집행일이 되어 집행관이 그의 목을 교수대에 매었는데, 그만 그의 목을 맨 줄이 끊어져 그는 살게 되었다.

사형을 당하기도 전에 이미 희망을 버리고 죽은 목숨이었던 사형수는 살아난 것에 안도하는 것이 아니고 오히려 "나는 한 번도 제대로 되는 일이 없군, 죽는 순간까지 절망을 해야 하다니"라고 투덜댔다. 육체의 사형을 당하기 전에 이미 마음이 먼저 사형을 당한 것이다.

오 헨리의 〈마지막 잎새〉에서 소녀는 떨어지는 낙엽을 보며 절망한다. 마지막 잎이 지는 날 자기의 목숨도 다할 것이라고 상상하며, 잎이 지는 걸 바라본다.

별것 아닐 수도 있는 소녀의 병은 절망하므로 해서 죽음으로 몰아가는 마음의 병이 된 것이다. 소녀에게 희망이 있었다면 떨어지는 낙엽에 절망하지 않고, 오히려 마지막 잎이 지는 날 병을 털고 일어나리라 생각했을 것이다.

겨울이 지나고 봄이 오면 나무는 다시 싹을 틔우고 꽃을 피우며, 열매를 맺게 될 것이기 때문이다. 사람도 죽을 것 같은 절망의 시간을 이겨내고 시간이 흐르게 되면 다시 좋은 날이 오게 마련이다. 그것은 희망이 있기 때문이 아닌가 한다.

(1997년 10월)

푼탄도스 아멘테스

2002년 1월 나는 연초를 괌에서 보냈다.

내 나이 벌써 회갑이 되었고 결혼한 지 40주년이 되어, 자식들의 권유에 따라 안사람과 막내아들과 함께 떠난 길이었다. 그곳에서는 남태평양의 아름다운 절경을 바라보며, 육십 년을 살아온 내 지난날을 추억하며, 앞으로 남은 날들에 대해 깊이 생각해 보기도 하였다.

그리고 여러 곳의 관광지를 둘러보았는데 그 중에 '사랑의 절벽'이 특별히 기억에 남는다. 그곳에서 괌의 중부 해변과 투몬만 해변의 정경을 바라보고 있으려니, 말로는 표현할 수 없는 감동이 가슴에 젖어들었다.

'사랑의 절벽'(Two Lover's Point)은 스페인어로 '푼탄도스 아멘테스'라고 하는데 그 이름만 들어도 무슨 사연이 있을 것 같았다. 가이드가 들려주는 얘기를 들어보니, 슬픈 사랑의 전설이 아름답게 서려 있는 곳이었다.

전설의 내용은, 그 고장에 살던 아름다운 여인의 이야기인데, 그녀의 아버지는 스페인 귀족 출신이고, 어머니는 원주민 차모로 추장의 딸이었다.

그때는 스페인이 그 지역을 점령하고 있었는데, 그녀의 아름다움에 반한 스페인군의 젊은 장교가 그녀의 아버지에게 딸과 결혼하게 해달라고 하였다. 스페인 장교인 젊은 청년에게 마음이 끌린 그녀의 아버지는 쾌히 승낙을 하였지만 여인은 이미 차모로족의 한 청년을 사랑하고 있었다.

부모가 사랑도 하지 않는 사람과 결혼시키려는 것을 알게 된 그녀는 몰래 집에서 빠져나와 사랑하는 청년과 해변을 따라 무작정 도망을 쳤다. 딸이 사라진 것을 알게 된 그녀의 부모와 스페인 장교는 두 사람을 뒤쫓았다.

두 연인은 추격을 피해 달아나다 절벽 위에 이르게 되었다. 더 이상 피할 길이 없는 것을 알게 된 그들은 이 세상에서 이루지 못한 사랑을 저세상에서라도 이루기 위해 긴 머리채를 서로 묶고 378피트 높이의 절벽에서 뛰어내리고 말았다.

그 후로 슬픈 두 연인들의 애틋한 사랑의 전설이 전해 내려오며, 이곳을 '사랑의 절벽' 또는 '연인의 절벽' 으로 부른다고 한다. 절벽 정상에는 이들을 기리기 위한 종탑이 설치되어 있어, 이곳을 찾는 사람들이 치는 종소리가 끊이지 않고 들린다.

투몬만의 절경이 한눈에 들어오는 '사랑의 절벽' 종탑 앞에서 나도 그냥 지나칠 수 없는 심정이 되어 종을 쳐 보았다.

종소리는 청아하게 울려 퍼지며 그 옛날 절벽 위에서 뛰어내린 연인들의 사랑의 승리를 전해 주는 듯하였다.

여행에서 돌아와 여독이 풀린 며칠 후, 서재에서 책을 뒤적이다가 문득 '사랑의 절벽'의 아름다운 전설을 떠올리면서 사랑에 대해 생각해 보았다.

인간이 살아가는 데 없어서는 안 되는 것이 사랑이 아닌가. 여러 종류의 사랑이 다 귀하고 필요한 것이겠으나, 전설 속의 연인들처럼 생명을 내어놓아도 좋을 것이 이성간의 사랑이다.

이성간의 사랑은 애타는 그리움이고, 불꽃처럼 활활 타오르는 열정이다. 사랑의 첫째 조건은 정신적인 것에 근거를 두어야 하겠지만, 그것만으로는 완전하지 못한 것이 사랑의 형태이다.

정신적 사랑만으로 만족할 수 있다면 결혼의 필요성이 요구되지 않을 것이다. 그러나 인간은 정신과 더불어 육체가 공존하고 있기 때문에 같이 있기를 원한다. 그리움만으로 채워지지 않는 것이 사랑인 까닭이다.

사춘기 시절 누구나 한 번쯤은 짝사랑을 해 본 적이 있을 것이다. 지나고 나면 그 시절에 겪을 수 있는 하나의 과정인 것을 얼마나 애태우며 열병에 시달렸던가. 플라토닉한 정신적 사랑만으로는 완전한 사랑이 될 수 없기 때문이다.

사람들은 결혼을 함으로써 정신과 육체의 만남을 통해, 또 다른 인간관계의 언약을 만들어 간다. 결혼이 성의 부자유에서 해방되는 순간인 것 같지만, 그것은 또 다른 규약의 제도 속에 묶이는 것이다.

모든 자유는 순간일 뿐이다. 그것은 세속적 규율을 해탈시키는 듯이 보여도, 결국 더 큰 규약과 제재와 규율 속에 있는 것이다. 그런 규율의 질서가 지켜지지 않을 때 사랑은 파괴되고 만다.

요즈음의 세태는 지켜지지 않는 방종한 사랑이 넘쳐나고, 그런 일들로 해서 인생사는 비극이 생겨나기도 한다.

사랑이 무엇이길래 단 하나뿐인 생명도 아낌없이 바칠 수 있을까. 이 세상의 모든 생명이 있는 것 중에 제일인 것이 사람이고, 사람에게는 사랑이 있기 때문에 그 삶이 더 고귀한 것이 아닐까 생각해 본다.

괌의 투몬만 해변에서 바라본 검푸른 바다와 슬프고도 아름다운 사랑 얘기가 오늘 내 가슴에 고즈넉이 이슬비처럼 젖어든다.

소설 속에서나 있을 법한 순수하고 아름다운 사랑, 그리고 평화로운 행복이 있는 그런 사랑을 나도 한 번쯤 꿈꾸어 볼 수 있을까?

(『중앙문학』 2002년)

松山 이선영 수필집

마음의 색깔

•

지은이 / 이선영
발행인 / 김영란
발행처 / 한누리미디어
디자인 / 지선숙

•

08303, 서울시 구로구 구로중앙로18길 40, 2층(구로동)
전화 / (02)379-4514, 379-4519
Fax / (02)379-4516
E-mail/hannury2003@hanmail.net

•

신고번호 / 제 25100-2016-000025호
신고년월일 / 2016. 4. 11
등록일 / 1993. 11. 4

•

초판발행일 / 2016년 10월 11일

•

ⓒ 2016 이선영 Printed in KOREA

•

값 15,000원

•

※잘못된 책은 바꿔드립니다.
※저자와의 협약으로 인지는 생략합니다.

ISBN 978-89-7969-722-3 03810